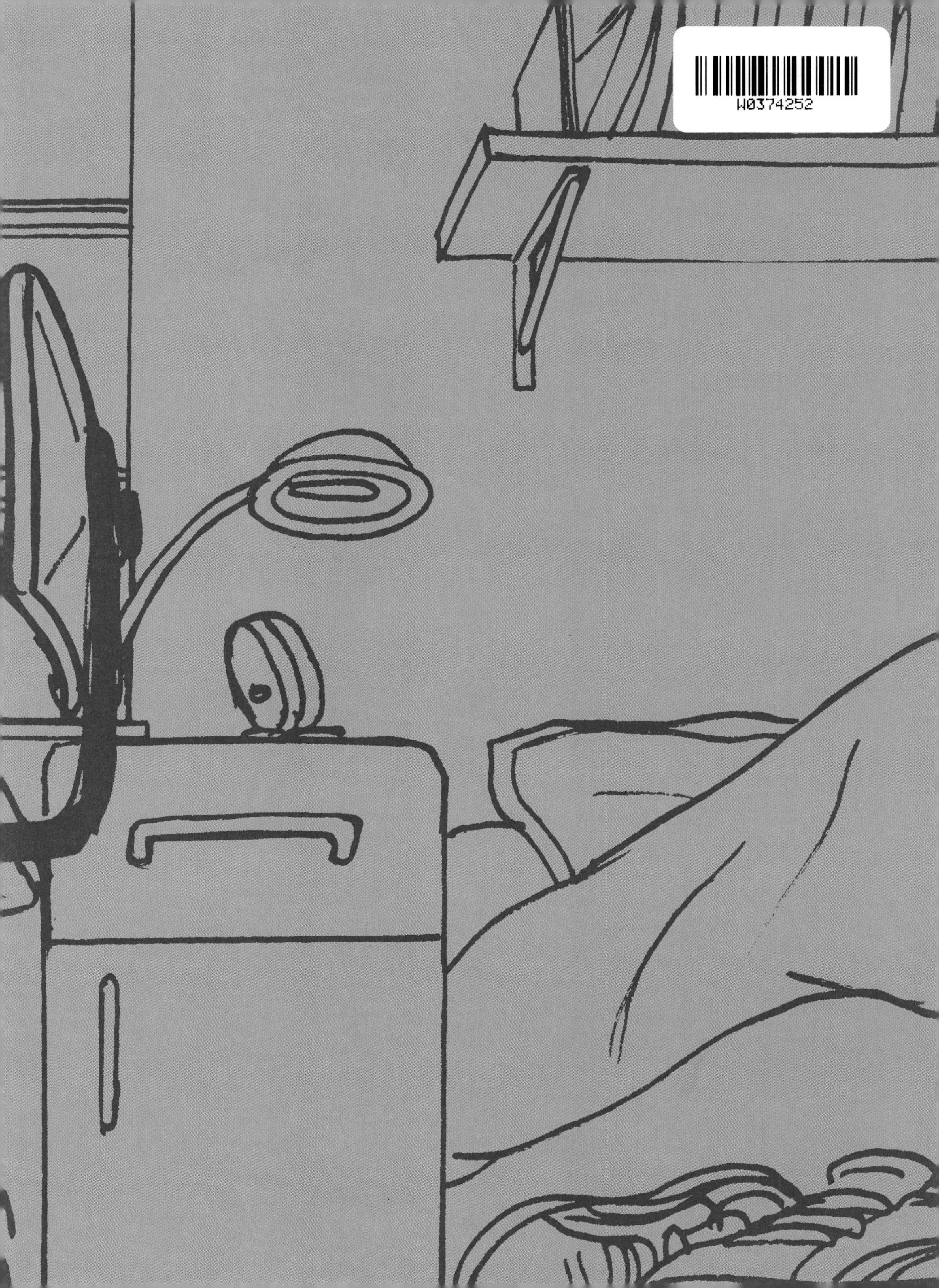

L'année du dragon

3 **Kim**

scenario françois duprat & vanyda

dessin vanyda & françois duprat

couleur vanyda

éditions CARABAS

& éditions de TOURNON

vanyda et françois
remercient

Merci à Dave et Rod pour leurs conseils toujours avisés à l'atelier.

Merci à Ugo d'être né avant que nous ayons à réaliser la scène à la maternité...

Merci à Thony pour nous avoir montré comment cuire un crabe sans le faire souffrir..

Merci toujours à Keren Ann et à Dominique A d'inspirer les ambiances musicales de l'album.

Merci à tous les libraires indépendants de defendre nos bouquins, et de ne pas disparaître, comme les disquaires, il y a 10 ans.

Merci à Fred pour le site : http://lanneedudragon.free.fr

françois remercie

Merci à Vanyda pour toutes les scéances de relecture en buvant du thé mauricien ou indien.

Merci à mon frère pour son caractère qui a tellement inspiré celui de Bernard...

Merci au tome 2 de «L'année du dagon» de m'avoir permis de rencontré mon guitariste préféré: Arno du «Gustave Boro Project».

Cet album est dédié aux «76».. courage, la malédiction a fait son temps...

bibliographies

· vanyda + duprat :
· l'année du dragon
tome 1 : franck
(Carabas) 2003
· l'année du dragon
tome 2 : bernadette
(Carabas) 2004
· porophore #10
collectif
2005

· vanyda :
· l'immeuble d'en face
(bom bom prod) 2002
· l'immeuble d'en face
> réédition <
(La boite à bulle) 2004

· françois duprat :
· colombine ou les Lunes de petite vertu
(charrette) 2001
· mon cousin dans la mort
(petit à petit) 2001
· léo Cassebonbon
tome 1 : chou blanc pour les roses
tome 2 : les mal-lunés
(petit à petit) 2003-04
· mon cousin dans la mort
> réédition <
couleurs de Denis Bernatets
(petit à petit) 2004
· va te brosser les dents
avec David Bolvin et Loïc Dauvilier
(carabas) 2005

urban collection

1er édition : octobre 2005 - dépôt légal : octobre 2005
i.s.b.n : 2-351000-46-3

conception graphique : christian mattiucci, romain quenisset

achevé d'imprimer en septembre 2005
sur les presses d'euroGrafica en Italie

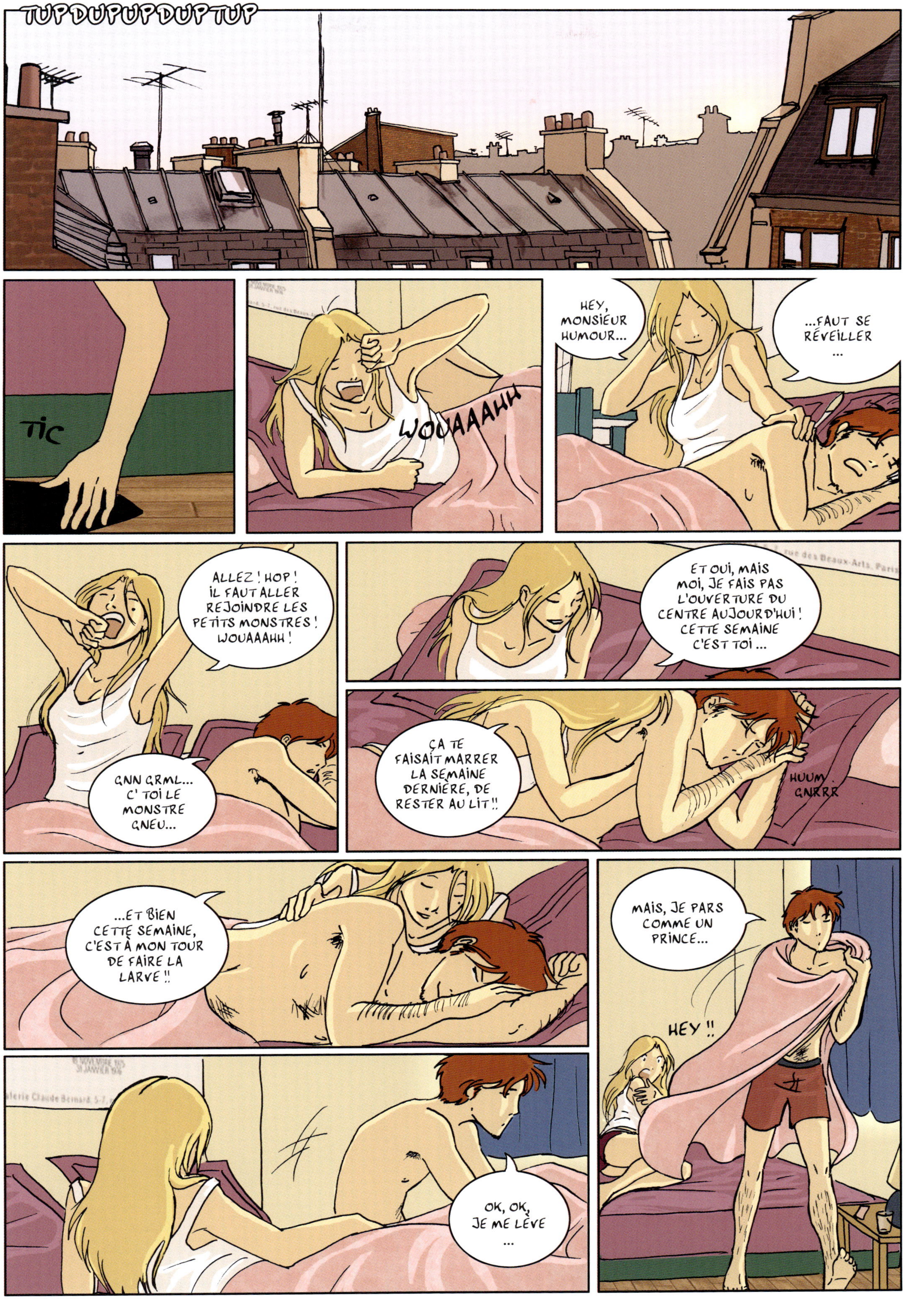

TUPDUPUPDUPTUP
TIC
WOUAAAHH
HEY, MONSIEUR HUMOUR...
...FAUT SE RÉVEILLER ...
ALLEZ ! HOP ! IL FAUT ALLER REJOINDRE LES PETITS MONSTRES ! WOUAAAHH !
GNN GRML... C' TOI LE MONSTRE GNEU...
ET OUI, MAIS MOI, JE FAIS PAS L'OUVERTURE DU CENTRE AUJOURD'HUI ! CETTE SEMAINE C'EST TOI ...
ÇA TE FAISAIT MARRER LA SEMAINE DERNIÈRE, DE RESTER AU LIT !!
HUUM. GNRRR
...ET BIEN CETTE SEMAINE, C'EST À MON TOUR DE FAIRE LA LARVE !!
OK, OK, JE ME LÈVE ...
MAIS, JE PARS COMME UN PRINCE...
HEY !!

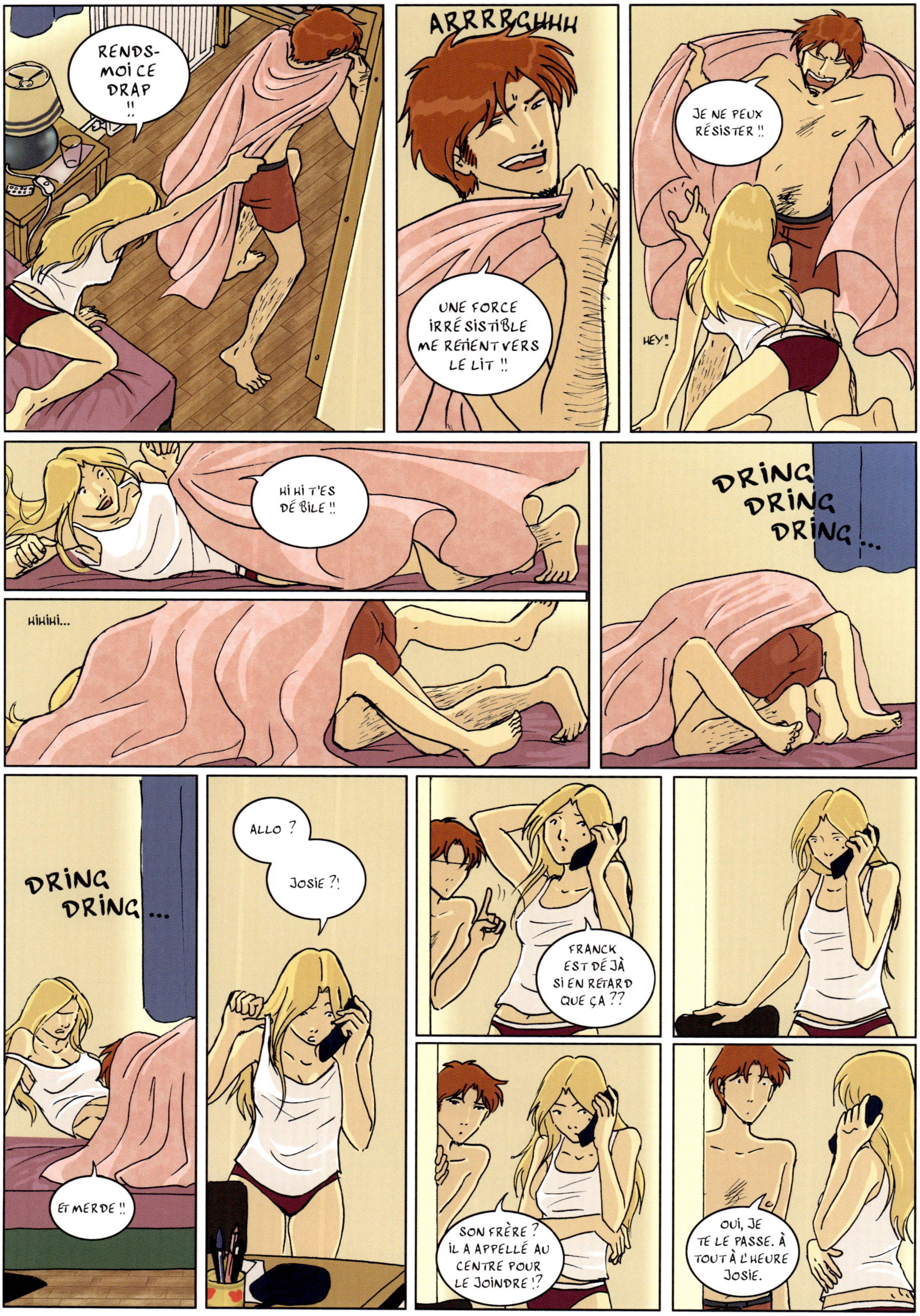
RENDS-MOI CE DRAP !!
ARRRRGHHH
UNE FORCE IRRÉSISTIBLE ME RETIENT VERS LE LIT !!
JE NE PEUX RÉSISTER !!
HEY !!
HI HI T'ES DÉBILE !!
HIHIHI...
DRING DRING DRING...
DRING DRING...
ET MERDE !!
ALLO ?
JOSIE ?!
FRANCK EST DÉJÀ SI EN RETARD QUE ÇA ??
SON FRÈRE ? IL A APPELLÉ AU CENTRE POUR LE JOINDRE !?
OUI, JE TE LE PASSE. À TOUT À L'HEURE JOSIE.

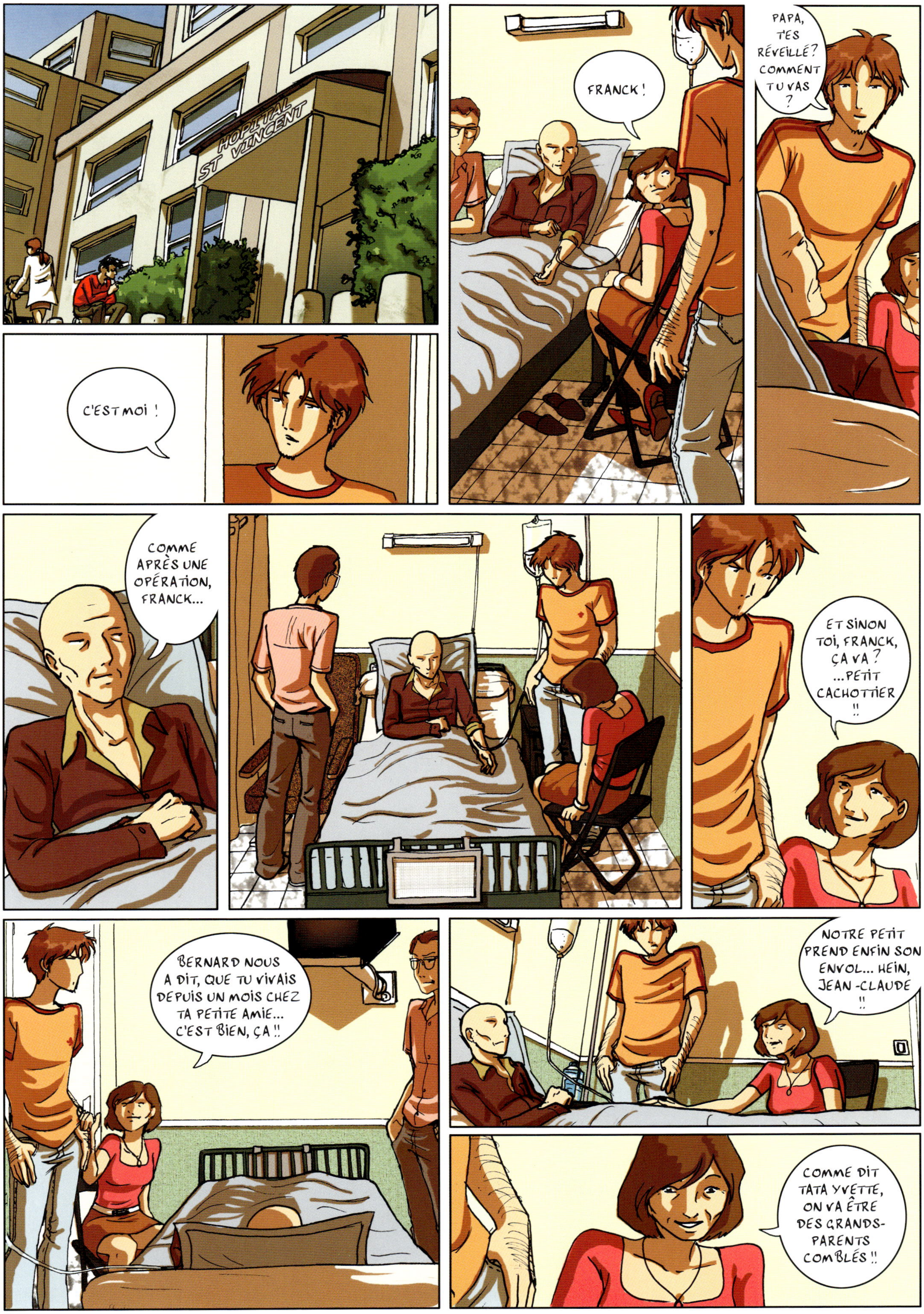
HOPITAL ST VINCENT
C'EST MOI !
FRANCK !
PAPA, T'ES RÉVEILLÉ ? COMMENT TU VAS ?
COMME APRÈS UNE OPÉRATION, FRANCK...
ET SINON TOI, FRANCK, ÇA VA ? ...PETIT CACHOTTIER !!
BERNARD NOUS A DIT, QUE TU VIVAIS DEPUIS UN MOIS CHEZ TA PETITE AMIE... C'EST BIEN, ÇA !!
NOTRE PETIT PREND ENFIN SON ENVOL... HEIN, JEAN-CLAUDE !!
COMME DIT TATA YVETTE, ON VA ÊTRE DES GRANDS-PARENTS COMBLÉS !!

OUI, COMBLÉS...
ET TATA YVETTE VA BIEN ?
HO ! BIN, ELLE PASSE TOUS LES JOURS AVEC ROBERT VOIR TON PÈRE, TU SAIS !!
ET PUIS, TU LA CONNAIS ! ELLE A TOUJOURS QUELQUE CHOSE À DIRE...
SON JARDIN, SES VOISINS, VOS COUSINES...
ET VU COMME VOTRE PÈRE EST BAVARD... AVEC ELLE, ÇA FAIT UNE MOYENNE ...
HUM...
ENFIN JE NE VAIS PAS VOUS APPRENDRE COMMENT EST VOTRE PÈRE ...
COMME ON DIT, LES CHIENS FONT PAS DES CHATS...
MAIS ... ET TOI ÇA VA ?
BIEN SÛR...
... FAUT BIEN QUE JE M' OCCUPE DE VOTRE PÈRE !!

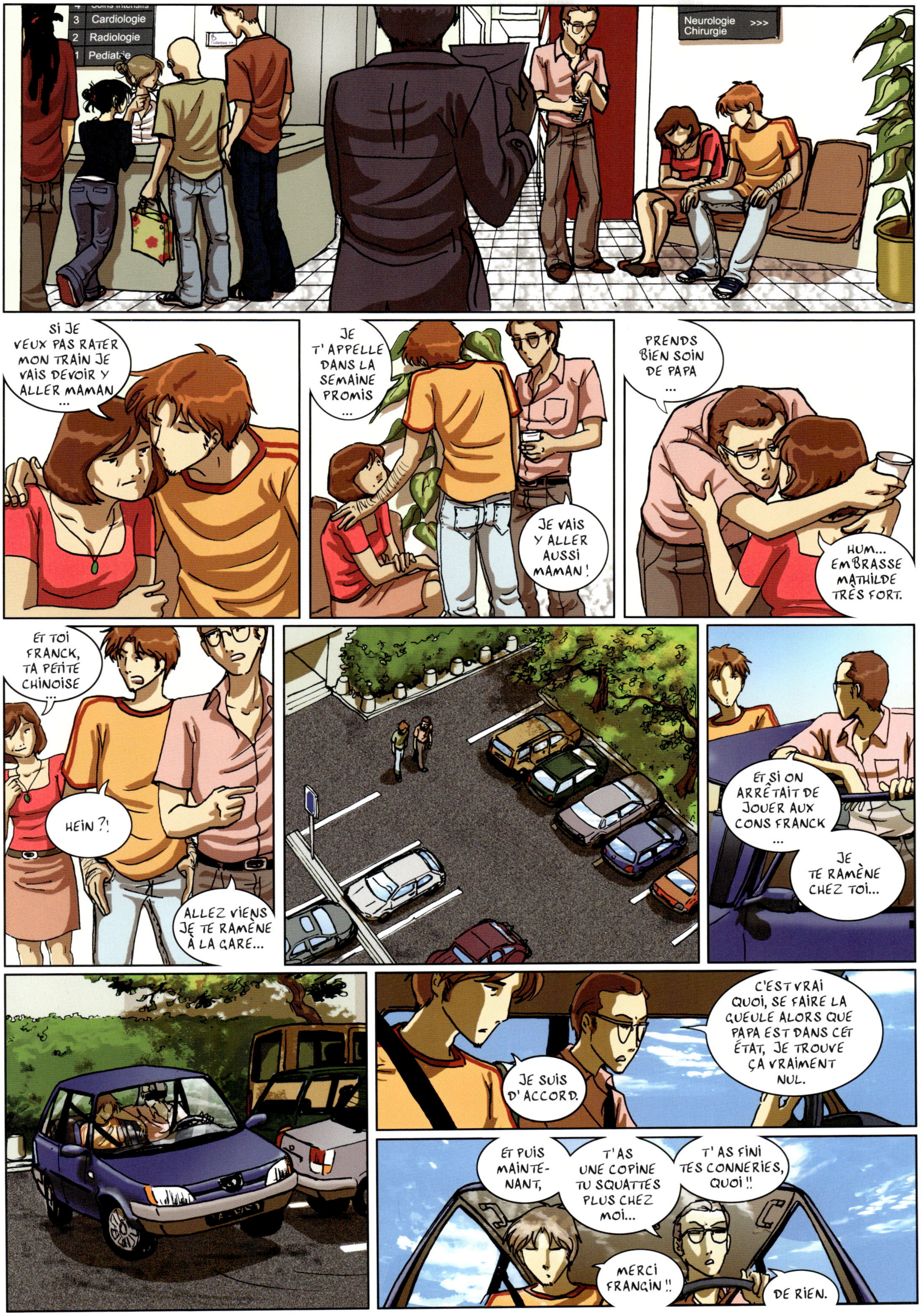
3 Cardiologie
2 Radiologie
Neurologie >>>
Chirurgie
SI JE VEUX PAS RATER MON TRAIN JE VAIS DEVOIR Y ALLER MAMAN ...
JE T'APPELLE DANS LA SEMAINE PROMIS ...
JE VAIS Y ALLER AUSSI MAMAN !
PRENDS BIEN SOIN DE PAPA ...
HUM... EMBRASSE MATHILDE TRÈS FORT.
ET TOI FRANCK, TA PETITE CHINOISE ...
HEIN ?!
ALLEZ VIENS JE TE RAMÈNE À LA GARE...
ET SI ON ARRÊTAIT DE JOUER AUX CONS FRANCK ...
JE TE RAMÈNE CHEZ TOI...
C'EST VRAI QUOI, SE FAIRE LA GUEULE ALORS QUE PAPA EST DANS CET ÉTAT, JE TROUVE ÇA VRAIMENT NUL.
JE SUIS D'ACCORD.
ET PUIS MAINTE-NANT,
T'AS UNE COPINE TU SQUATTES PLUS CHEZ MOI...
T'AS FINI TES CONNERIES, QUOI !!
MERCI FRANGIN !!
DE RIEN.

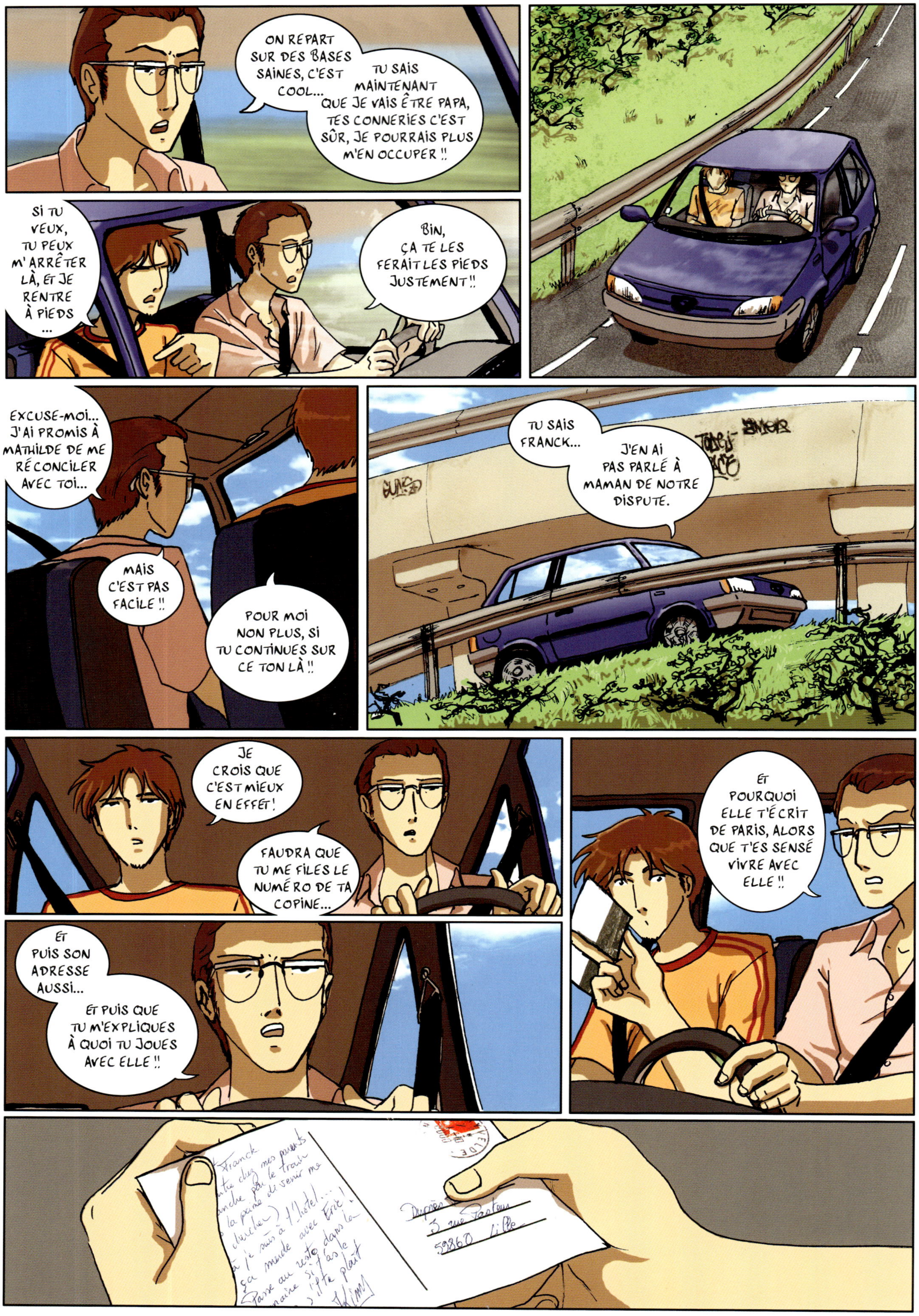
ON REPART SUR DES BASES SAINES, C'EST COOL...
TU SAIS MAINTENANT QUE JE VAIS ÊTRE PAPA, TES CONNERIES C'EST SÛR, JE POURRAIS PLUS M'EN OCCUPER !!
SI TU VEUX, TU PEUX M'ARRÊTER LÀ, ET JE RENTRE À PIEDS ...
BIN, ÇA TE LES FERAIT LES PIEDS JUSTEMENT !!
EXCUSE-MOI... J'AI PROMIS À MATHILDE DE ME RÉCONCILER AVEC TOI...
MAIS C'EST PAS FACILE !!
POUR MOI NON PLUS, SI TU CONTINUES SUR CE TON LÀ !!
TU SAIS FRANCK...
J'EN AI PAS PARLÉ À MAMAN DE NOTRE DISPUTE.
JE CROIS QUE C'EST MIEUX EN EFFET !
FAUDRA QUE TU ME FILES LE NUMÉRO DE TA COPINE...
ET PUIS SON ADRESSE AUSSI...
ET PUIS QUE TU M'EXPLIQUES À QUOI TU JOUES AVEC ELLE !!
ET POURQUOI ELLE T'ÉCRIT DE PARIS, ALORS QUE T'ES SENSÉ VIVRE AVEC ELLE !!

C'EST MOI.
ALORS ?
ET TA MAMAN ??
C'EST PAS BRILLANT, LES MÉDECINS NE SONT PAS TRÈS OPTIMISTES...
ELLE TIENT LE CHOC... QUAND Y A DU MONDE, ELLE A TOUJOURS LA PÊCHE...
MAIS, ELLE ACCUSE QUAND MÊME LE COUP. J'Y RETOURNERAI CE WEEK-END ...
TU NOUS AS MANQUÉ AUJOURD'HUI. TU SAIS, LES ENFANTS VOULAIENT JOUER À TON JEU DE CET ÉTÉ ...

SOIT.
TU AS RAISON.
LAISSONS-NOUS ALLER ...
SOYONS PLUS LÉGER !
AIE !!
CLAC
CLAC
CLAC
BROUF

JE SUIS REVENUE !!
MAIS HÉLAS, PAS TOUTE SEULE...
PAPA !!
FRANCK !
PAPA !
ARRÊTE... ARRÊTE... CALME-TOI !!
JE SUIS LÀ, CALME-TOI

MÉTS NUOC - MAM !

KIM, TU PEUX Y ALLER !!
ELLE PEUT TRAVAILLER QUAND MÊME !!
LAISSE-LA ELLE EST TRISTE !!
PFFF... C'EST PAS MALIN TOUT ÇA...

SALUT !!
ÇA VA TOI ?!
FRANCK ?!
HÉ ! C'EST COOL QUE TU SOIS LÀ !! TU TRAVAILLES PAS AUJOURD'HUI ?
BIN, HEU... DISONS QUE JE DOIS ACHETER DES FEUTRES POUR LE CENTRE...
ALORS JE ME SUIS DIT, AUTANT EN PROFITER ...
DEPUIS LE TEMPS TOUT ÇA...
AH, C'EST COOL !! T'AS MANGÉ ?! TU VEUX PRENDRE UN TRUC ?
UN NEM ? C'EST MOI QUI LES AI FAITS !!
UN NEM ?
BIN, ÇA SERAIT PAS DE REFUS...
MAIS, IL EST UN PEU QUATRE HEURE DE L'APRÈM', ET J'AI PAS TRÈS FAIM ET...
C'EST BON ?
HUM, HUM...

ET... HEU ...ÉRIC ??
ON S'EST UN PEU DISPUTÉ...
EN FAIT LA VIE À DEUX N'ÉTAIT PAS FACILE...
SURTOUT QU'AVEC SON BOULOT À LA CON, IL RENTRE À DES HEURES IMPOSSIBLES, ET ON SE VOYAIT PRESQUE MOINS QUE QUAND J'ÉTAIS ICI...!!
... L'IMPRESSION D'ÊTRE LA CINQUIÈME ROUE DU CARROSSE ...
D'AUTANT PLUS QUE JE SUIS ARRIVÉE APRÈS, JE ME SENTAIS PAS CHEZ MOI...
MERDE !!
FLOTCH
ET TOI ALORS ?? T'ES PLUS CHEZ TON FRÈRE ? J'AI TÉLÉPHONÉ, MATHILDE M'A DIT QU'ELLE SAVAIT PAS OU T'ÉTAIS.
DU COUP J'AI ENVOYÉ UNE CARTE, EN ME DISANT, QUE TU DEVAIS BIEN ALLER CHERCHER TON COURRIER QUAND MÊME.
ILS VONT AVOIR UN GOSSE, ALORS J'ÉTAIS UN PEU DE TROP ...
C'EST VRAI, TU VAS ÊTRE TONTON ?!!
C'EST CHOUETTE !! ET T'AS PRIS UN APPART' ALORS ?
JE VIS CHEZ BERNADETTE ...

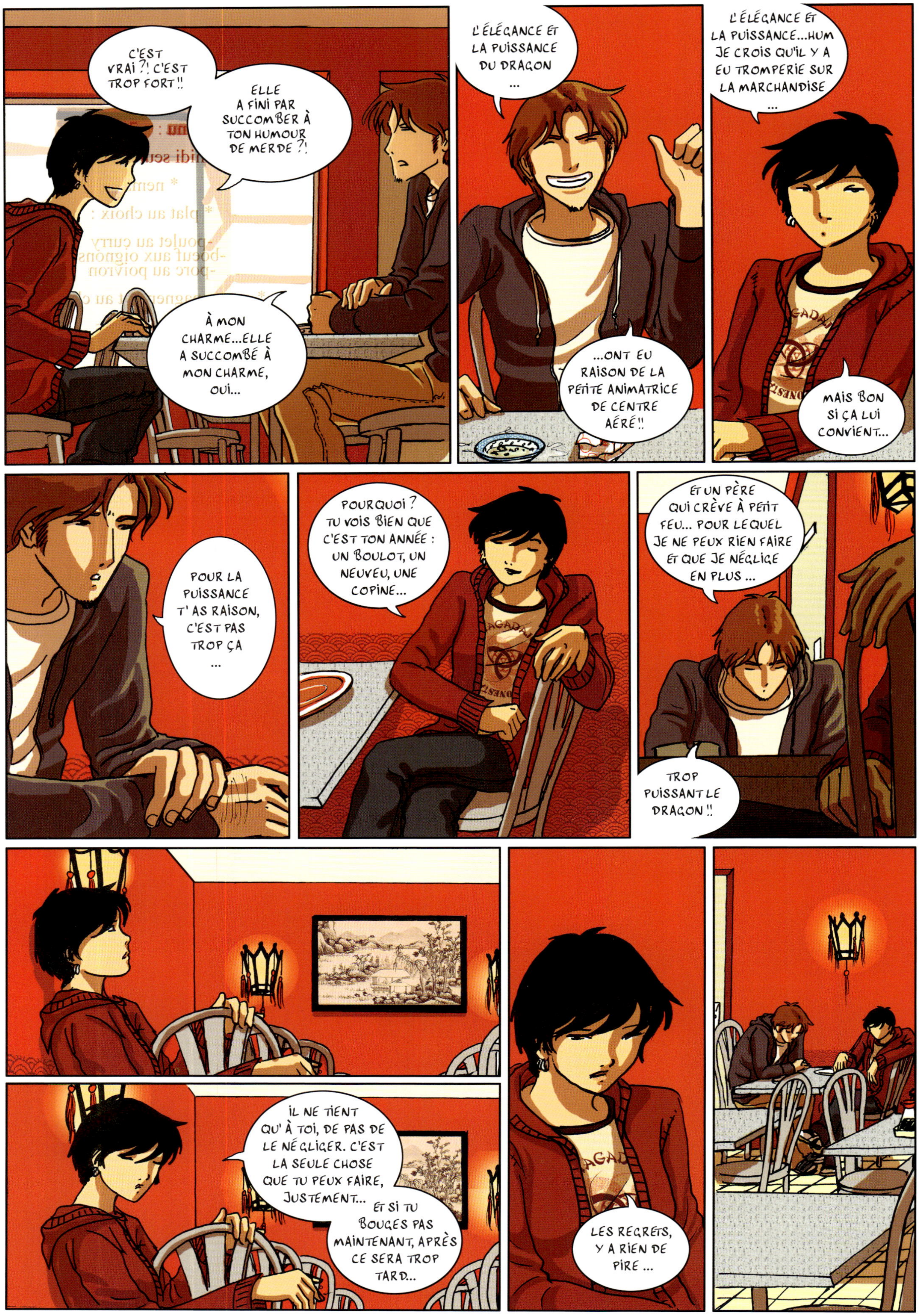
C'EST VRAI ?! C'EST TROP FORT !!
ELLE A FINI PAR SUCCOMBER À TON HUMOUR DE MERDE ?!
À MON CHARME...ELLE A SUCCOMBÉ À MON CHARME, OUI...
L'ÉLÉGANCE ET LA PUISSANCE DU DRAGON ...
...ONT EU RAISON DE LA PETITE ANIMATRICE DE CENTRE AÉRÉ !!
L'ÉLÉGANCE ET LA PUISSANCE...HUM JE CROIS QU'IL Y A EU TROMPERIE SUR LA MARCHANDISE ...
MAIS BON SI ÇA LUI CONVIENT...
POUR LA PUISSANCE T'AS RAISON, C'EST PAS TROP ÇA ...
POURQUOI ? TU VOIS BIEN QUE C'EST TON ANNÉE : UN BOULOT, UN NEVEU, UNE COPINE...
ET UN PÈRE QUI CRÈVE À PETIT FEU... POUR LEQUEL JE NE PEUX RIEN FAIRE ET QUE JE NÉGLIGE EN PLUS ...
TROP PUISSANT LE DRAGON !!
IL NE TIENT QU'À TOI, DE PAS DE LE NÉGLIGER. C'EST LA SEULE CHOSE QUE TU PEUX FAIRE, JUSTEMENT...
ET SI TU BOUGES PAS MAINTENANT, APRÈS CE SERA TROP TARD...
LES REGRETS, Y A RIEN DE PIRE ...

ON Y RETOURNE CE WEEK-END, AVEC BERNARD...
MAIS, JE NE SAIS JAMAIS QUOI LUI DIRE... ON S'EST JAMAIS PARLÉ... MAIS LÀ, EN PLUS, Y URGENCE. JE ME SENS ENCORE PLUS BLOQUÉ...
EN TOUT CAS, C'EST CHOUETTE QUE TU SOIS VENU !
ÇA ME FAIT PLAISIR DE TE REVOIR, MÊME SI C'EST DANS DE DRÔLES DE CIRCONSTANCES...
BIN, ÇA ME FAIT PLAISIR AUSSI, QUE TU SOIS RENTRÉE... TON PETIT SOURIRE ASIATIQUE M'AVAIT, QUAND MÊME, UN PEU MANQUÉ ...
BON... TON PETIT HUMOUR ACIDE AUSSI !!
MON HUMOUR ACIDE ?!!
DIS-DONC, Y A PAS UNE FILLE QUI T'ATTEND CHEZ TOI, TOI ?!

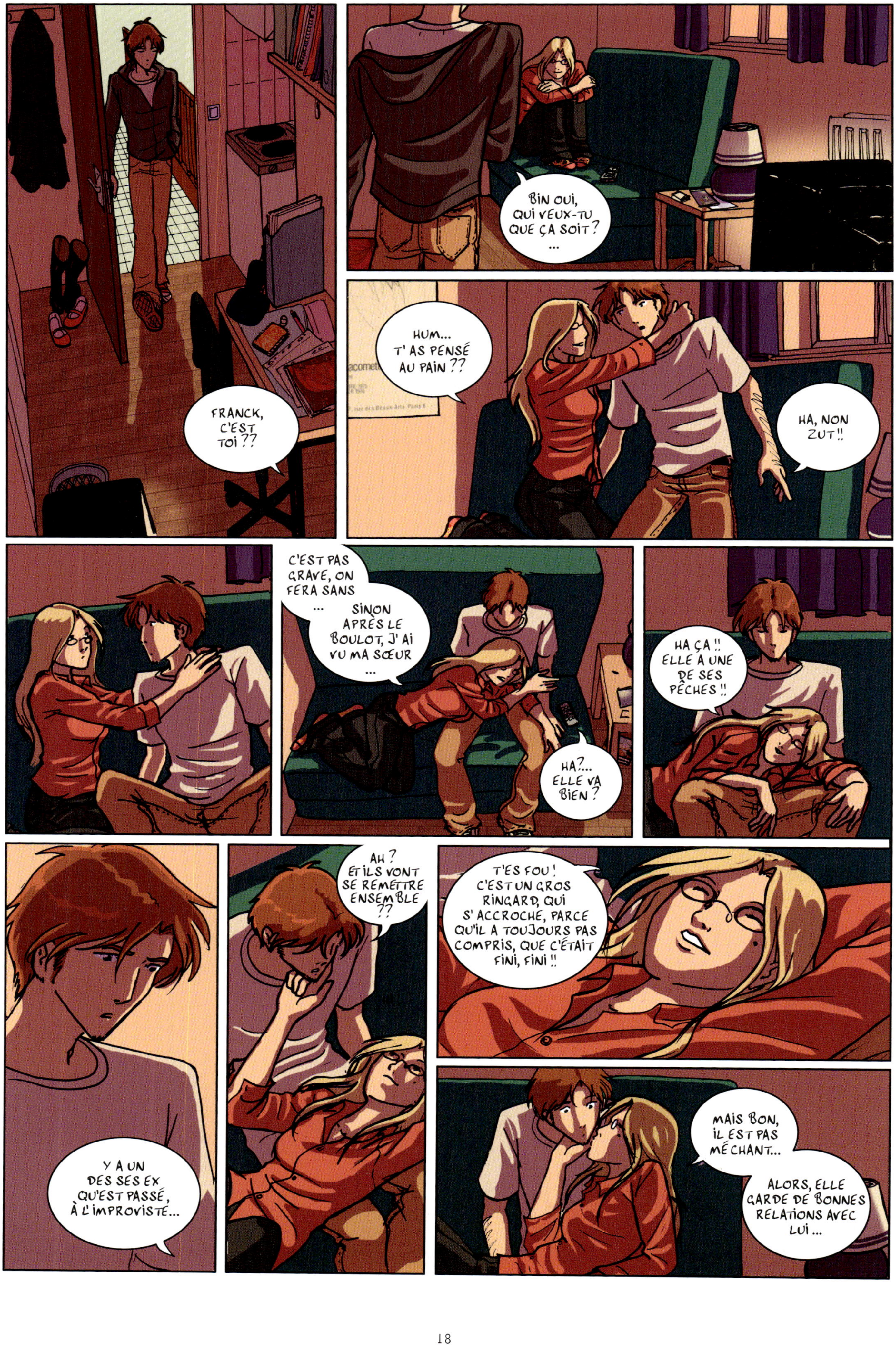
FRANCK, C'EST TOI ??
BIN OUI, QUI VEUX-TU QUE ÇA SOIT ? ...
HUM... T'AS PENSÉ AU PAIN ??
HA, NON ZUT !!
C'EST PAS GRAVE, ON FERA SANS ...
SINON APRÈS LE BOULOT, J'AI VU MA SŒUR ...
HA ?... ELLE VA BIEN ?
HA ÇA !! ELLE A UNE DE SES PÊCHES !!
Y A UN DES SES EX QU'EST PASSÉ, À L'IMPROVISTE...
AH ? ET ILS VONT SE REMETTRE ENSEMBLE ??
T'ES FOU ! C'EST UN GROS RINGARD, QUI S'ACCROCHE, PARCE QU'IL A TOUJOURS PAS COMPRIS, QUE C'ÉTAIT FINI, FINI !!
MAIS BON, IL EST PAS MÉCHANT...
ALORS, ELLE GARDE DE BONNES RELATIONS AVEC LUI ...

ET PUIS C'EST PLUTOT FLATTEUR D'AVOIR QUELQU'UN QUI VOUS DÉSIRE ...
HUM ... UN BEAU JEUNE HOMME...
HEU ... ET POUR LE PAIN, T'ES SÛRE QU'Y A PAS DE PROBLÈMES ?!
BIN NON, J'TE DIS QU'ON PEUT S'EN PASSER !!
NON, PARCE QUE ÇA ME DÉRANGE PAS, DE RETOURNER EN CHERCHER ...
NON, MAIS VRAIMENT, JE TE JURE ...
EN PLUS, AVEC MA SOEUR...
...ON EST PASSÉ DEVANT LE CHINOIS, DU COUP, J'AI PRIS DES NEMS POUR CE SOIR...
DES NEMS !!
BEN OUI, T'AIMES ÇA D'HABITUDE, NON?
HEU... OUI, OUI. ÉCOUTE, LÀ JE VAIS PRENDRE UNE DOUCHE...
HUM... COMME TU VEUX ...

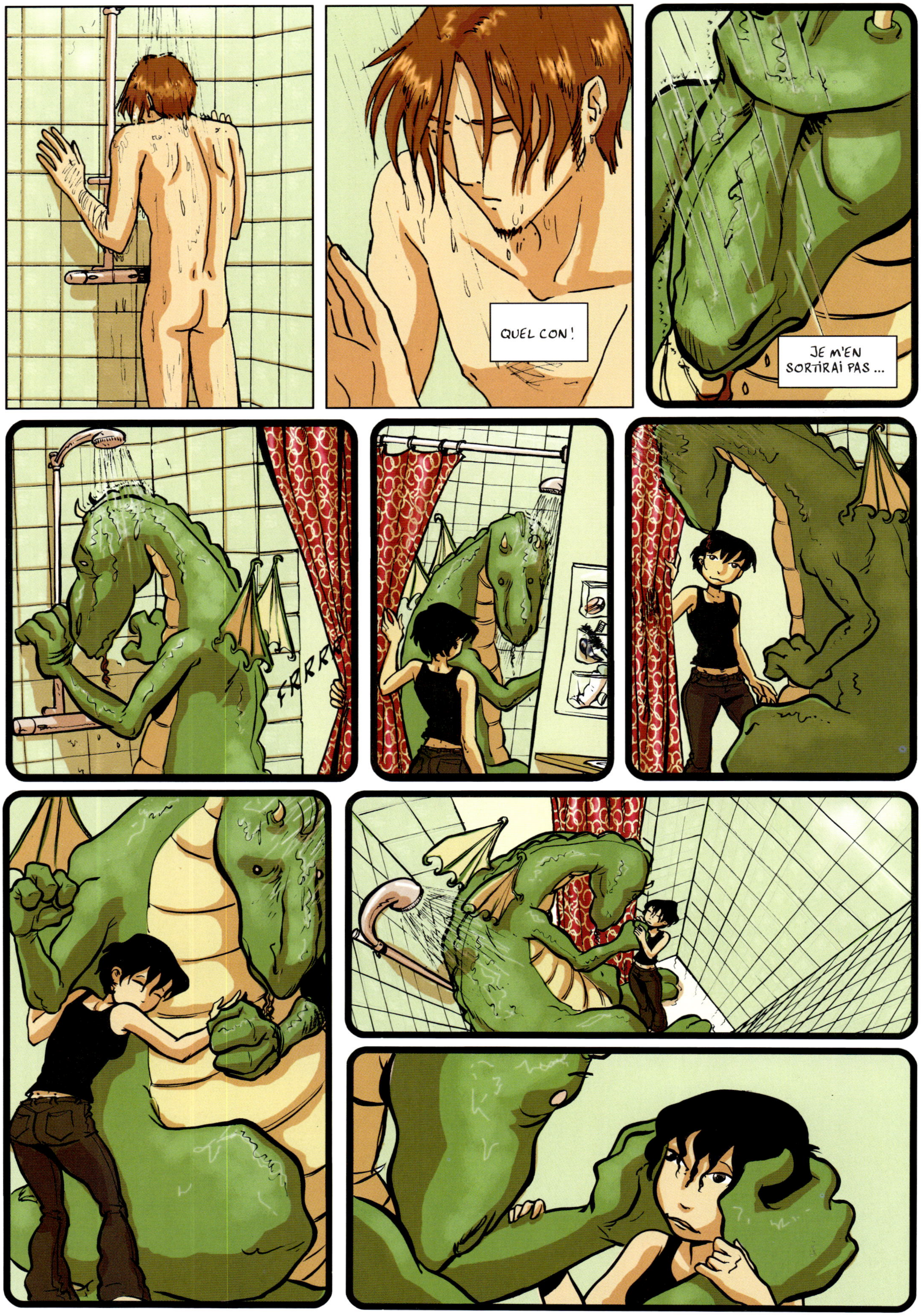
QUEL CON !
JE M'EN SORTIRAI PAS ...
FRRRR

?!
HEY !!
NON !
NON !!
FRANCK !!
NON !!
FRANCK, TA MÈRE AU TÉLÉPHONE ...

ROMAIN !! C'EST COMME ÇA QUE TU LAVES LES PINCEAUX ?!
MAIS ! POURQUOI C'EST MOI, QUI DEVRAIS LAVER LES PINCEAUX, D'ABORD !!
DIS DONC, C'EST PAS MOI QUI AI BARBOUILLÉ CLARA DE PEINTURE !! ...
MAIS C'EST ELLE AUSSI !! ELLE ARRÊTE PAS DE DÉBORDER !!
ROMAIN !!
ÇA SUFFIT MAINTENANT !!
DE TOUTES MANIÈRES, IL EST MOCHE CE TABLEAU. C'EST AVEC FRANCK QU'ON DEVAIT LE FAIRE, PAS AVEC TOI !
HUM... D'ACCORD, MAIS AUJOURD'HUI FRANCK... IL NE POUVAIT PAS VENIR...

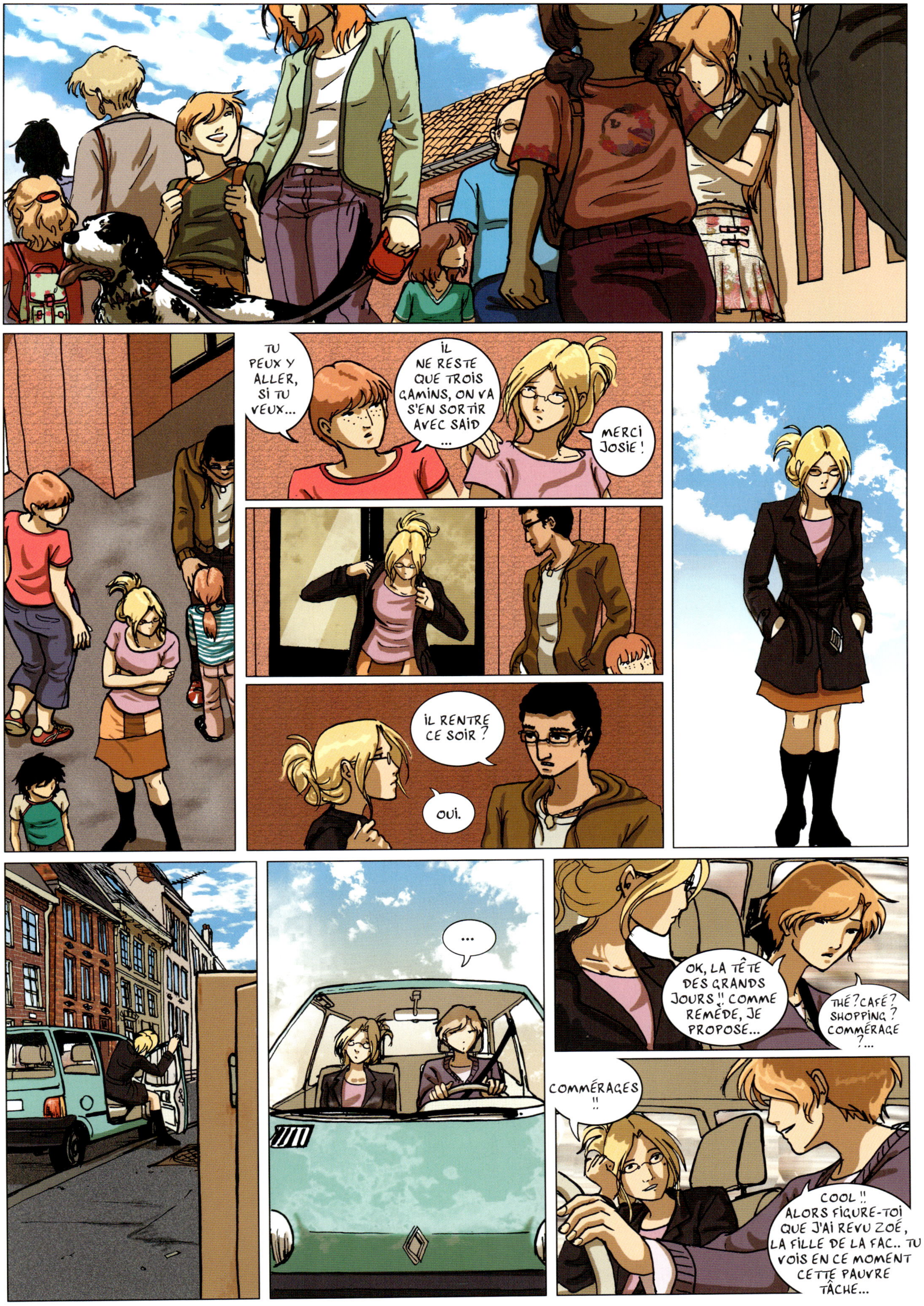
TU PEUX Y ALLER, SI TU VEUX...
IL NE RESTE QUE TROIS GAMINS, ON VA S'EN SORTIR AVEC SAID ...
MERCI JOSIE !
IL RENTRE CE SOIR ?
OUI.
...
OK, LA TÊTE DES GRANDS JOURS !! COMME REMÈDE, JE PROPOSE...
THÉ ? CAFÉ ? SHOPPING ? COMMÉRAGE ?...
COMMÉRAGES !!
COOL !! ALORS FIGURE-TOI QUE J'AI REVU ZOÉ, LA FILLE DE LA FAC.. TU VOIS EN CE MOMENT CETTE PAUVRE TÂCHE...

AUX DÉLICES D'ASIE
PITA
LE SAKÉ ! LE SAKÉ !!
LE SAKÉ, LE SAKÉ...
HA HA
ET SINON VOUS PRENDREZ UN DESSERT ?
ET DANS LE VERRE DE SAKÉ, JE SUIS SÛR QUE C'EST LA PETITE SERVEUSE, QU' ON VOIT NUE !!
DONC VOUS NE PRENDREZ PAS DE DESSERT !!
BEN ÇA, DÉPEND DE CE QUE VOUS NOUS PROPOSEZ !!
BIN, HEU... LITCHIES, BEIGNETS AUX POMMES, BANANE FLAMBÉE...
HA HA OUI !
HA, HA, ÇA C'EST SÛR, QUE VOUS ALLEZ NOUS LA FLAMBER, LA BANANE, HEIN BRUNO !!
KLING
FRANCK !! C'EST TOI ?

JE SUIS CONTENTE QUE TU SOIS LÀ ...
PARCE QUE LES DERNIERS CLIENTS, C'EST PAS LA JOIE...
ET TOI ÇA VA ?!
HO, J'AI BIEN PEUR DE COMPREN-DRE !
ASSIEDS-TOI, JE FINIS MON SERVICE, ET J'ARRIVE...

HA, CETTE FICHUE JOURNÉE EST ENFIN FINIE !!
JE SUIS BIEN D'ACCORD AVEC TOI !
STOP
REMARQUE, ÇA M'A PERMIS DE REVOIR MES COUSINS DE MONTAUBAN...
JE T'AI DÉJÀ PARLÉ DE MES COUSINS DE MONTAU-BAN ?!
NON !!
ILS SONT TROP FORTS. ILS SE LA JOUENT "CAILLERA" DE CHICAGO DE ANNÉES TRENTE...
TOUJOURS EN COSTARD CRAVATE, À FUMER DES CIGARILLOS !!
LA GRANDE DE CLASSE DE MONTAUBAN !!
ON EST PAS DANS LE MÊME MONDE, MAIS ILS M'ÉCLATENT BIEN !!
AU MOINS, PENDANT LA CÉRÉMONIE, ILS ONT RÉUSSI À ENLEVER LEURS LUNETTES DE SOLEIL !
LES CONS !
MAIS SURTOUT, ÇA A FAIT PLAISIR À MA MÈRE, QU'ILS SOIENT MONTÉS TOUS LES TROIS POUR MON PÈRE.

ET TA MÈRE ? ...
ELLE AVAIT BEAU S'Y ATTENDRE ÇA FAIT TOUJOURS UN CHOC
JE VOULAIS RESTER UN PEU PLUS AVEC ELLE...
MAIS ÇA FAIT DÉJÀ DEUX JOURS, QUE JE SUIS PAS ALLÉ AU CENTRE AÉRÉ.
ET BERNADETTE ?
BIN, ELLE M'A TOUJOURS CONNU COMME " MONSIEUR HUMOUR " ...
LÀ, J'EN AI MARRE D'ÊTRE DÉPRIMÉ EN FACE D'ELLE.
QU'EST CE QU'IL Y A ? T'AS PEUR DE TE MONTRER ENTIER ?
OK, C'EST PAS LE JOUR POUR TE CHARRIER. TU VEUX DORMIR ICI, CE SOIR ?

BON, BIN, BONNE NUIT FRANCK.
HUM, MERCI.
J'AI L'IMPRESSION QUE JE LE CONNAISSAIS SI MAL, MON PÈRE.
À L'ENTERREMENT, ÇA M'A FAIT BIZARRE, Y AVAIT DES GENS QUE JE CONNAISSAIS PAS. DES COLLÈGUES À LUI SANS DOUTE...
J'ARRIVE PLUS À ME SOUVENIR DE LUI QUAND J'ÉTAIS PETIT !
Y A QUE CETTE IMAGE DE LUI MALADE, QUI ME REVIENT ...
ET PUIS AUSSI, LA FOIS OÙ ON A ÉTÉ PÊCHER !
C'EST CON, J'AVAIS PAS AIMÉ ÇA !!
HUM, ÇA ME RAPPELLE QUAND J'ALLAIS À LA PÊCHE AVEC TONTON KENCHAN !

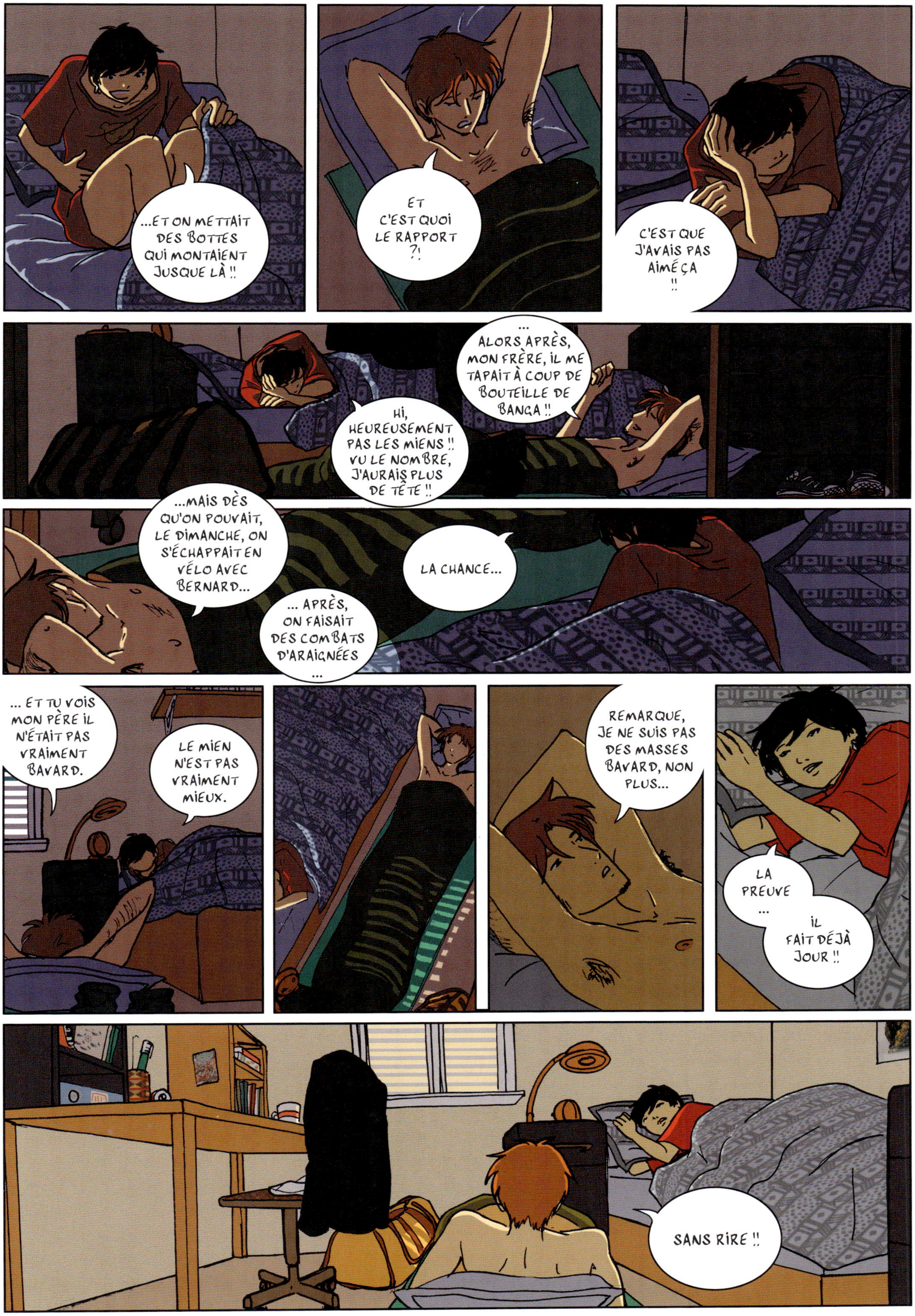
...ET ON METTAIT DES BOTTES QUI MONTAIENT JUSQUE LÀ !!
ET C'EST QUOI LE RAPPORT ?!
C'EST QUE J'AVAIS PAS AIMÉ ÇA !!
... ALORS APRÈS, MON FRÈRE, IL ME TAPAIT À COUP DE BOUTEILLE DE BANGA !!
HI, HEUREUSEMENT PAS LES MIENS !! VU LE NOMBRE, J'AURAIS PLUS DE TÊTE !!
...MAIS DÈS QU'ON POUVAIT, LE DIMANCHE, ON S'ÉCHAPPAIT EN VÉLO AVEC BERNARD...
LA CHANCE...
... APRÈS, ON FAISAIT DES COMBATS D'ARAIGNÉES ...
... ET TU VOIS MON PÈRE IL N'ÉTAIT PAS VRAIMENT BAVARD.
LE MIEN N'EST PAS VRAIMENT MIEUX.
REMARQUE, JE NE SUIS PAS DES MASSES BAVARD, NON PLUS...
LA PREUVE ... IL FAIT DÉJÀ JOUR !!
SANS RIRE !!

OUAH !! FRANCK EST DE RETOUR !!
FRANCK !
Aux délices d'Asie
ÇA VA TOI ?
traiteur restaurant spécialité chinoise et vietnamienne

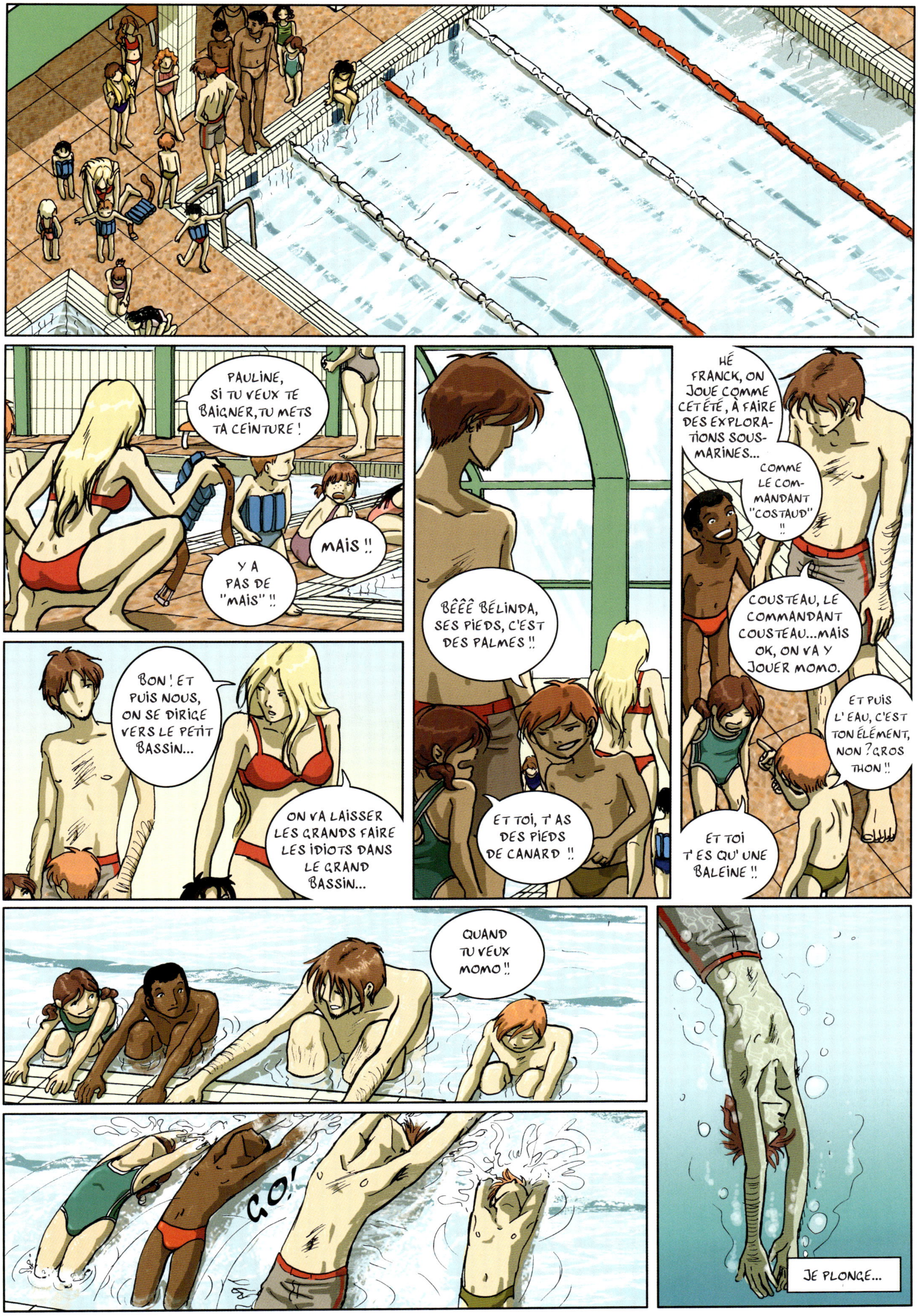
PAULINE, SI TU VEUX TE BAIGNER, TU METS TA CEINTURE !
MAIS !!
Y A PAS DE "MAIS" !!
BON ! ET PUIS NOUS, ON SE DIRIGE VERS LE PETIT BASSIN...
ON VA LAISSER LES GRANDS FAIRE LES IDIOTS DANS LE GRAND BASSIN...
BÊÊÊ BÉLINDA, SES PIEDS, C'EST DES PALMES !!
ET TOI, T'AS DES PIEDS DE CANARD !!
HÉ FRANCK, ON JOUE COMME CET ÉTÉ, À FAIRE DES EXPLORATIONS SOUS-MARINES...
COMME LE COMMANDANT "COSTAUD" !!
COUSTEAU, LE COMMANDANT COUSTEAU...MAIS OK, ON VA Y JOUER MOMO.
ET PUIS L'EAU, C'EST TON ÉLÉMENT, NON ? GROS THON !!
ET TOI T'ES QU'UNE BALEINE !!
QUAND TU VEUX MOMO !!
GO !
JE PLONGE...

EN CE MOMENT, JE ME SENS LOURD...
LOURD...
TROP LOURD...

AAAARH !!
QUEL CON !!
??

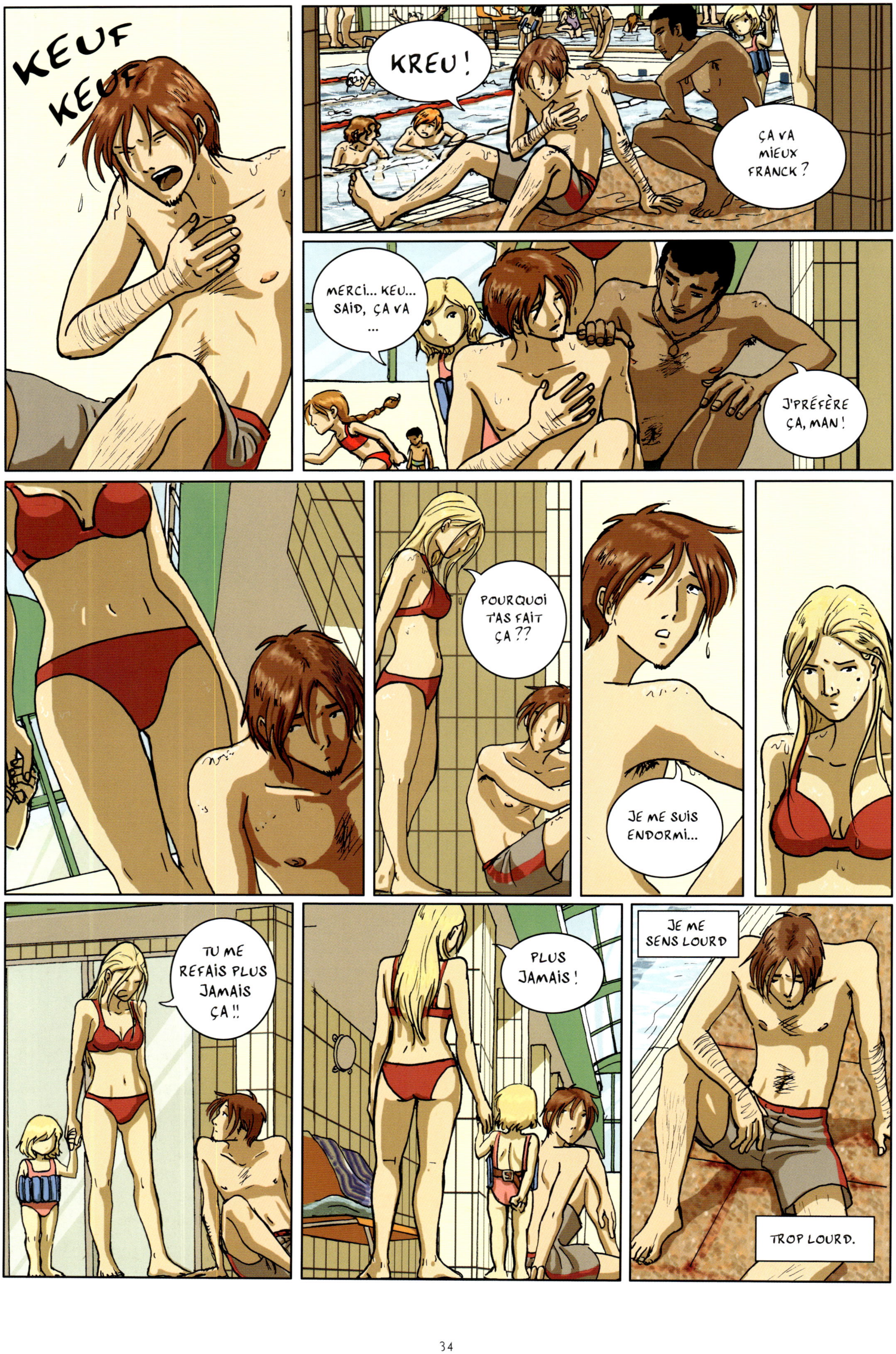
KEUF
KEUF
KREU !
ÇA VA MIEUX FRANCK ?
MERCI... KEU... SAID, ÇA VA ...
J'PRÉFÈRE ÇA, MAN !
POURQUOI T'AS FAIT ÇA ??
JE ME SUIS ENDORMI...
TU ME REFAIS PLUS JAMAIS ÇA !!
PLUS JAMAIS !
JE ME SENS LOURD
TROP LOURD.

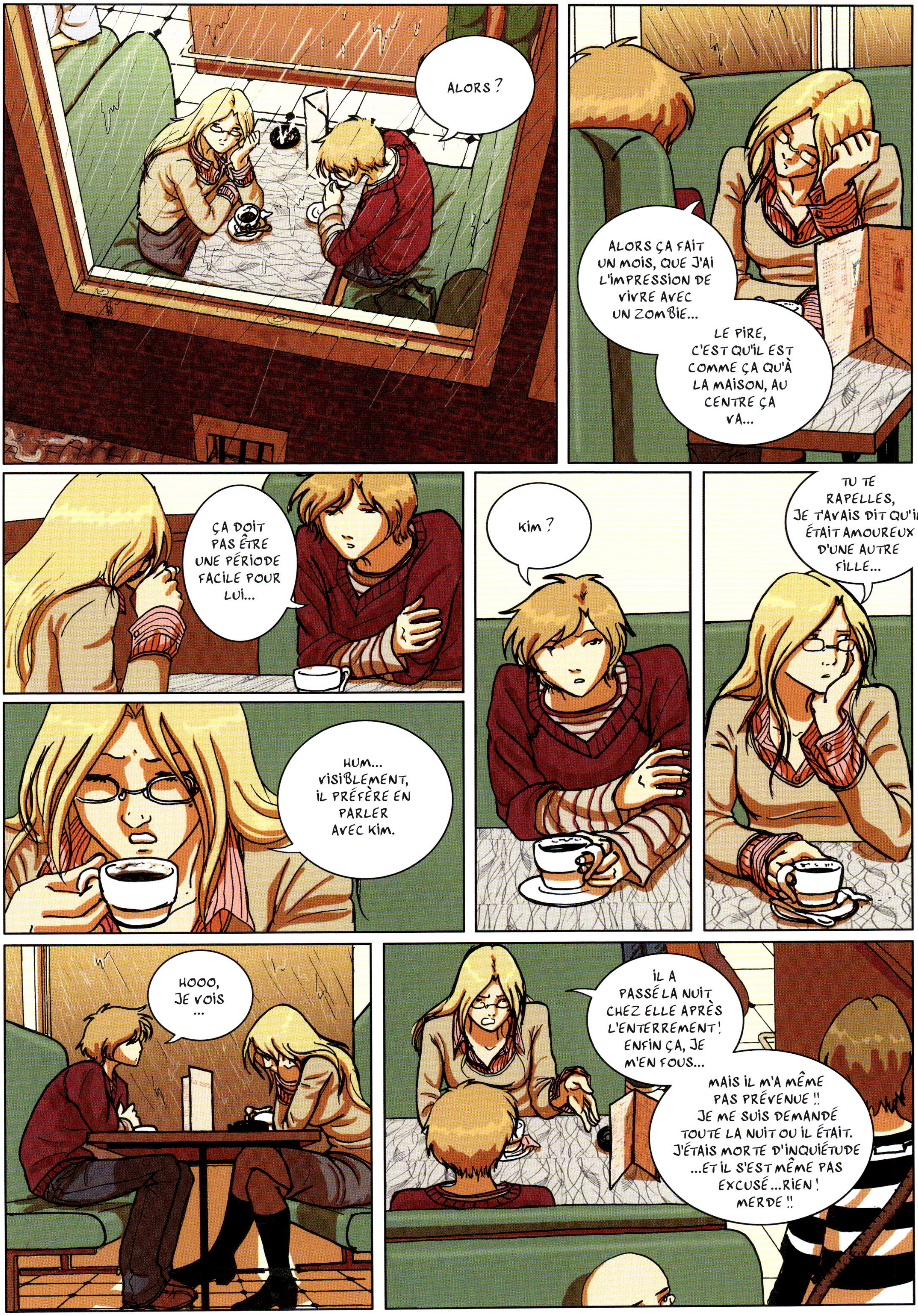
ALORS ?
ALORS ÇA FAIT UN MOIS, QUE J'AI L'IMPRESSION DE VIVRE AVEC UN ZOMBIE...
LE PIRE, C'EST QU'IL EST COMME ÇA QU'À LA MAISON, AU CENTRE ÇA VA...
ÇA DOIT PAS ÊTRE UNE PÉRIODE FACILE POUR LUI...
KIM ?
TU TE RAPELLES, JE T'AVAIS DIT QU'IL ÉTAIT AMOUREUX D'UNE AUTRE FILLE...
HUM... VISIBLEMENT, IL PRÉFÈRE EN PARLER AVEC KIM.
HOOO, JE VOIS ...
IL A PASSÉ LA NUIT CHEZ ELLE APRÈS L'ENTERREMENT ! ENFIN ÇA, JE M'EN FOUS...
MAIS IL M'A MÊME PAS PRÉVENUE !! JE ME SUIS DEMANDÉ TOUTE LA NUIT OU IL ÉTAIT. J'ÉTAIS MORTE D'INQUIÉTUDE ...ET IL S'EST MÊME PAS EXCUSÉ ...RIEN ! MERDE !!

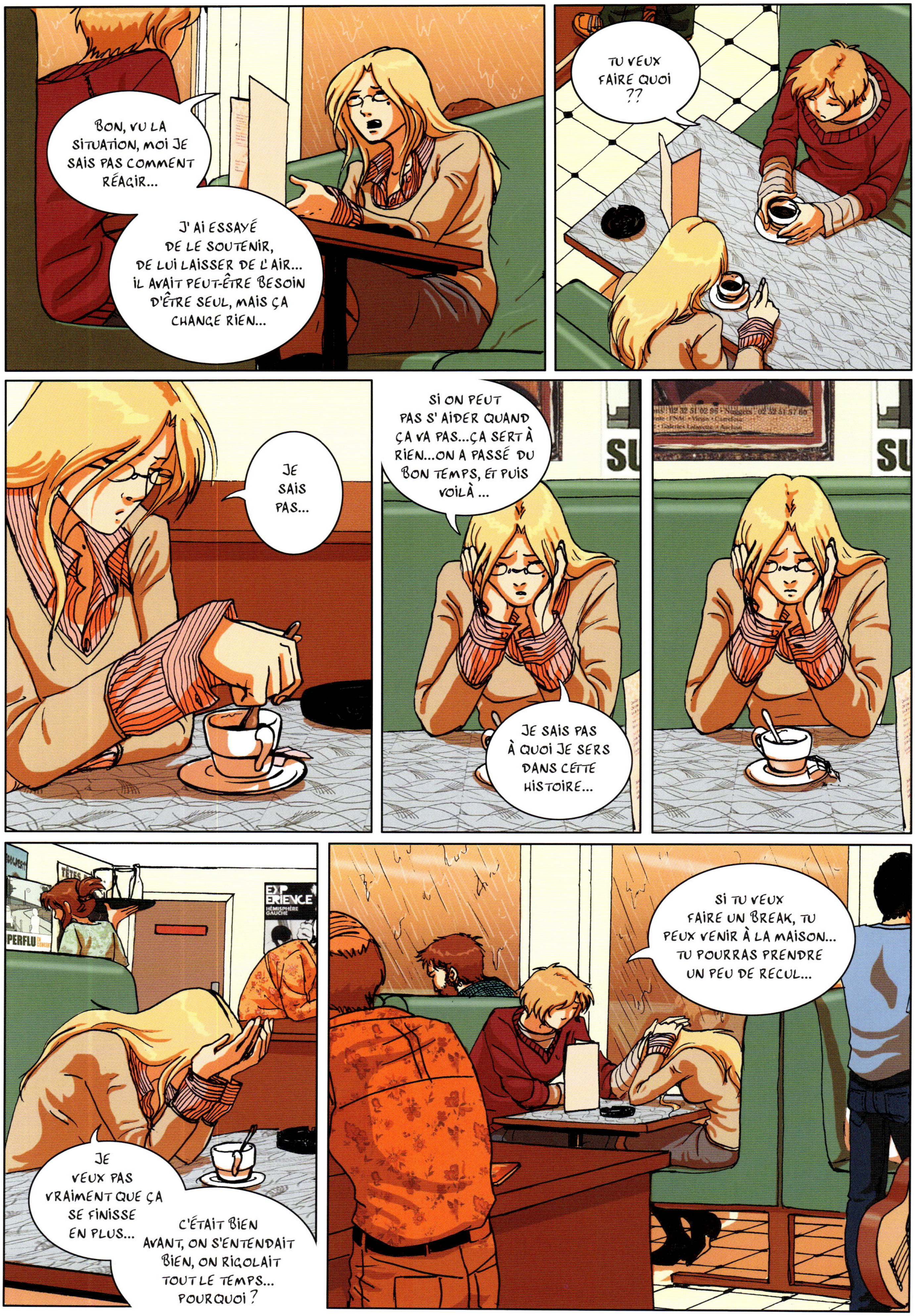
BON, VU LA SITUATION, MOI JE SAIS PAS COMMENT RÉAGIR...
J'AI ESSAYÉ DE LE SOUTENIR, DE LUI LAISSER DE L'AIR... IL AVAIT PEUT-ÊTRE BESOIN D'ÊTRE SEUL, MAIS ÇA CHANGE RIEN...
TU VEUX FAIRE QUOI ??
JE SAIS PAS...
SI ON PEUT PAS S'AIDER QUAND ÇA VA PAS...ÇA SERT À RIEN...ON A PASSÉ DU BON TEMPS, ET PUIS VOILÀ ...
JE SAIS PAS À QUOI JE SERS DANS CETTE HISTOIRE...
JE VEUX PAS VRAIMENT QUE ÇA SE FINISSE EN PLUS...
C'ÉTAIT BIEN AVANT, ON S'ENTENDAIT BIEN, ON RIGOLAIT TOUT LE TEMPS... POURQUOI ?
SI TU VEUX FAIRE UN BREAK, TU PEUX VENIR À LA MAISON... TU POURRAS PRENDRE UN PEU DE RECUL...

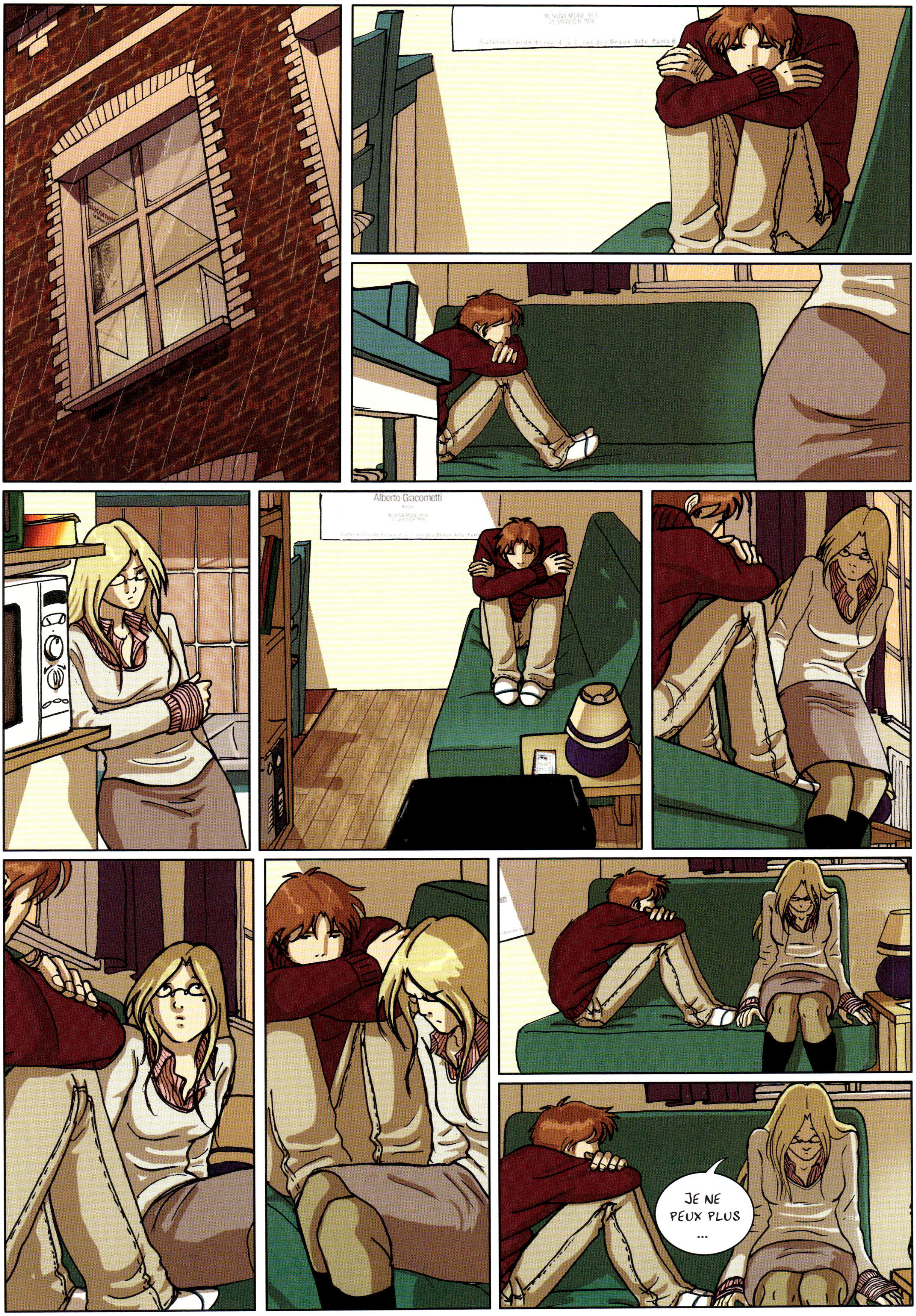
Alberto Giacometti
JE NE PEUX PLUS ...

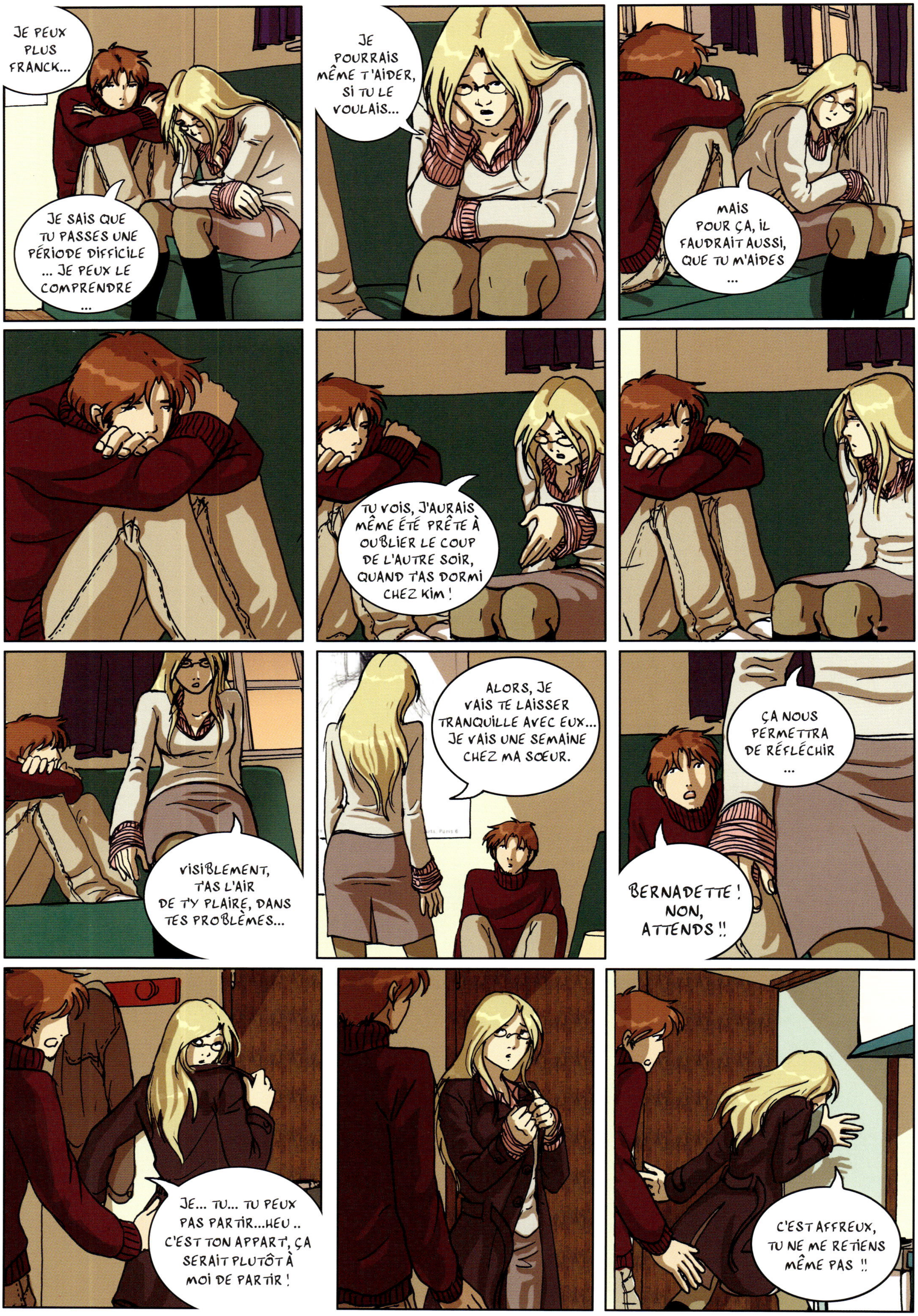
JE PEUX PLUS FRANCK...
JE SAIS QUE TU PASSES UNE PÉRIODE DIFFICILE ... JE PEUX LE COMPRENDRE ...
JE POURRAIS MÊME T'AIDER, SI TU LE VOULAIS...
MAIS POUR ÇA, IL FAUDRAIT AUSSI, QUE TU M'AIDES ...
TU VOIS, J'AURAIS MÊME ÉTÉ PRÊTE À OUBLIER LE COUP DE L'AUTRE SOIR, QUAND T'AS DORMI CHEZ KIM !
VISIBLEMENT, T'AS L'AIR DE T'Y PLAIRE, DANS TES PROBLÈMES...
ALORS, JE VAIS TE LAISSER TRANQUILLE AVEC EUX... JE VAIS UNE SEMAINE CHEZ MA SOEUR.
ÇA NOUS PERMETTRA DE RÉFLÉCHIR ...
BERNADETTE ! NON, ATTENDS !!
JE... TU... TU PEUX PAS PARTIR...HEU .. C'EST TON APPART, ÇA SERAIT PLUTÔT À MOI DE PARTIR !
C'EST AFFREUX, TU NE ME RETIENS MÊME PAS !!

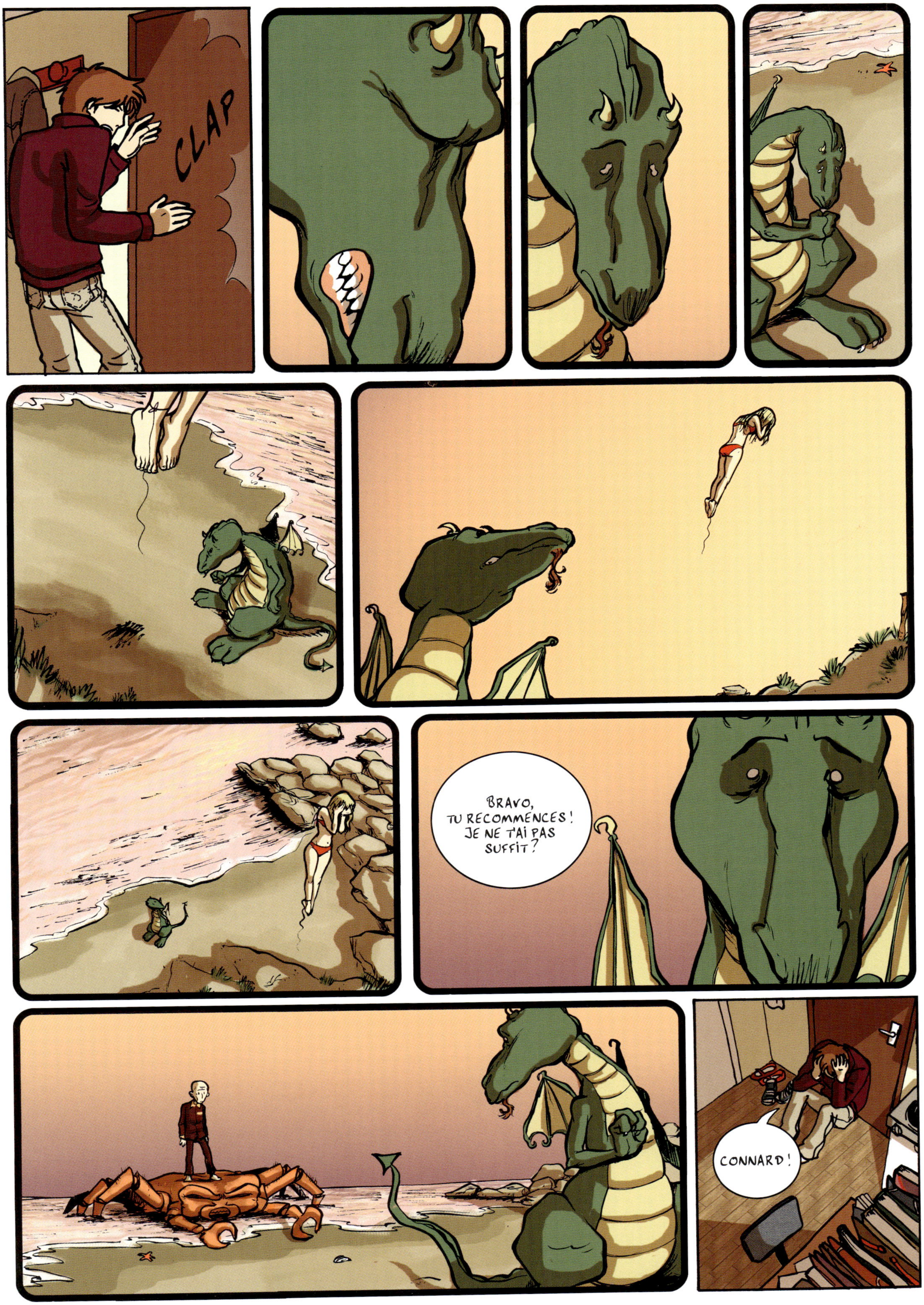
CLAP
BRAVO, TU RECOMMENCES ! JE NE T'AI PAS SUFFIT ?
CONNARD !

HA ! TES LÀ !! QU'EST-CE QUE TU FAIS ?
JE REGARDE POUR LES INSCRIPTIONS À LA FAC, ICI, SI C'EST ENCORE POSSIBLE...
AH ?! TU VAS RESTER ALORS ? PARCE QUE TON PÈRE ET MOI, ON AIMERAIT BIEN SAVOIR, CE QUE TU COMPTES FAIRE...
..ET TON FRÈRE AIMERAIT BIEN RÉCUPÉRER SA CHAMBRE AUSSI !!
JE SAIS MAMAN, IL ME LE RABÂCHE ASSEZ COMME ÇA !!
TU POURRAS DESCENDRE APRÈS, Y A DES ROULEAUX DE PRINTEMPS À FAIRE.

MAIS !! J'AI PLEIN DE PHOTOCOPIES ET DE COUPS DE FILS À PASSER !!
EN TOUT CAS TON PÈRE T'ATTEND EN BAS ...
KIM ! TÉLÉPHONE !
C'EST QUI ?
UN MEC.
FRANCK ??
J'SAIS PAS.

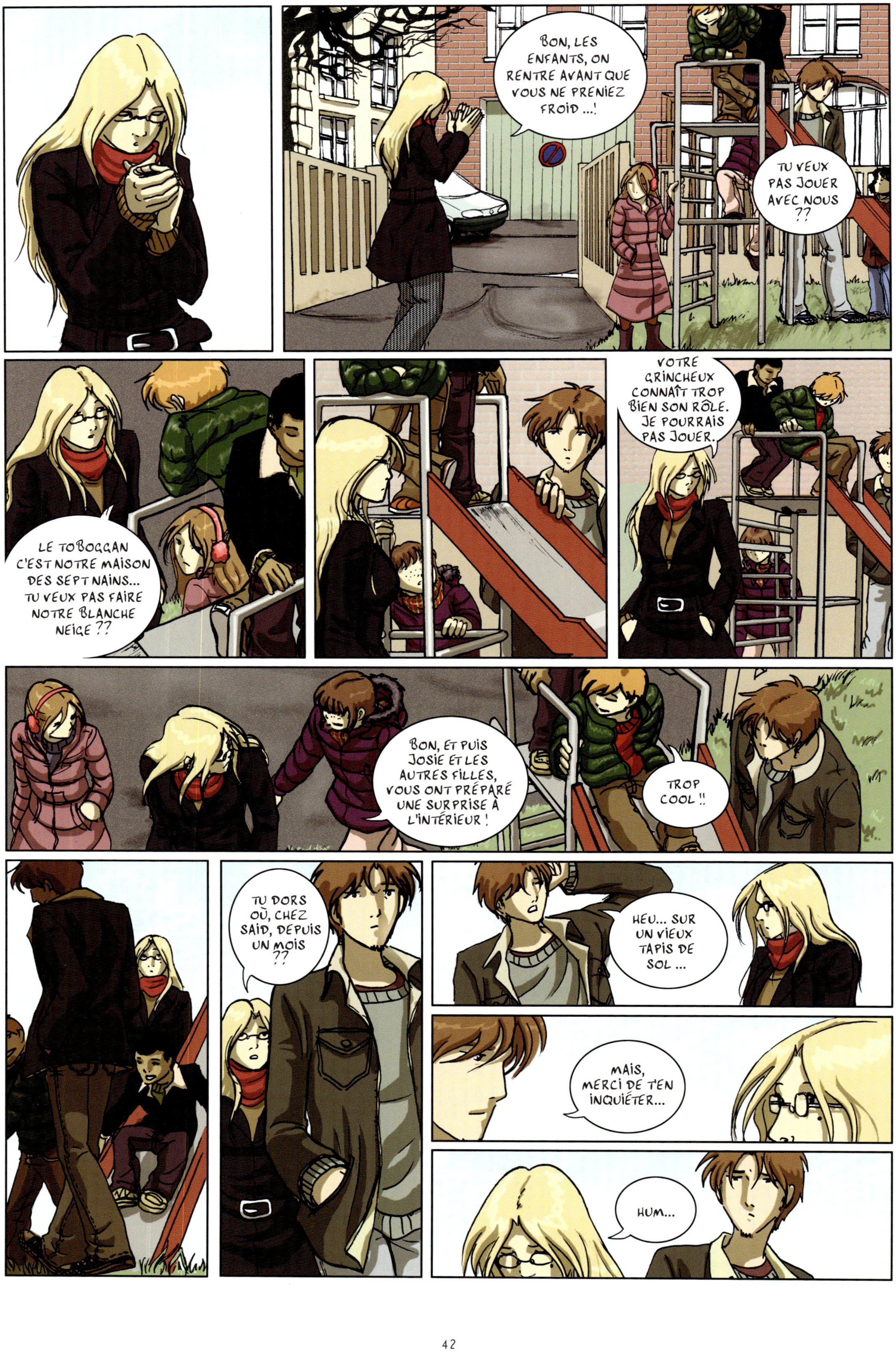
BON, LES ENFANTS, ON RENTRE AVANT QUE VOUS NE PRENIEZ FROID ...!
TU VEUX PAS JOUER AVEC NOUS ??
LE TOBOGGAN C'EST NOTRE MAISON DES SEPT NAINS... TU VEUX PAS FAIRE NOTRE BLANCHE NEIGE ??
VOTRE GRINCHEUX CONNAÎT TROP BIEN SON RÔLE. JE POURRAIS PAS JOUER.
BON, ET PUIS JOSIE ET LES AUTRES FILLES, VOUS ONT PRÉPARÉ UNE SURPRISE À L'INTÉRIEUR !
TROP COOL !!
TU DORS OÙ, CHEZ SAID, DEPUIS UN MOIS ??
HEU... SUR UN VIEUX TAPIS DE SOL ...
MAIS, MERCI DE T'EN INQUIÉTER...
HUM...

YO, BROTHER !!
'LUT !
PRÊT POUR UN RÉVEILLON D'ENFER...
TROP LA PÊCHE !!
ET TON POTE SAID, IL LE FAIT OÙ SON RÉVEILLON ?
PRÈS DE DIJON AVEC DES POTES...
ET TOI, TU NOUS AS RAMENÉ QUOI, POUR MATER CE SOIR ??
" MASSACRE À LA TRONÇONNEUSE ".
DES NOUVELLES DE MAMAN ??
OUAIS, ELLE EST ARRIVÉE CHEZ TANTE YVETTE... ELLE EST EN BONNE COMPAGNIE !
HA OUAIS ! C'EST VRAI QUE, COMME ON DÉPRIME, ÇA VA NOUS CHANGER LES IDÉES...
BIN QUOI ?! T' AIMAIS ÇA À QUINZE ANS
OUI MAIS LÀ QUAND MÊME !!
ET MATHILDE ??
BIN, ELLE PRÉFÉRAIT RESTER CHEZ SES PARENTS.
ELLE EN A MARRE DE ME VOIR TRISTE ET DÉPRIMÉ... TU COMPRENDS, C'EST POUR DANS UN MOIS...
FORCÉMENT !

MAIS LÀ, TU VOIS, JE PENSE TOUT LE TEMPS À PAPA... JE ME DIS QU'ON A LOUPÉ QUELQUE CHOSE.
HUM, J'COMPRENDS À FOND...
ET PUIS, JE VAIS ÊTRE PÈRE À MON TOUR...
ET J'AI PEUR DE REPRODUIRE LE MÊME SCHÉMA.
DU COUP, JE RÊVE QUE TOUT ÇA N'EST QU'UN CAUCHEMAR, QUE PAPA EST TOUJOURS LÀ, ET QUE MATHILDE N'A JAMAIS ÉTÉ ENCEINTE...
T'IMAGINES, IL EST LÀ DANS UN MOIS, ET ON A TOUJOURS PAS CHOISI SON PRÉNOM !
JE VOULAIS L'APPELLER COMME PAPA, MAIS MATHILDE TROUVE ÇA RIDICULE.
C'EST RIDICULE, JE SUIS D'ACCORD !
ET... TU NE VOULAIS PAS PASSER LE RÉVEILLON AVEC TA CHINOISE ?!
ET SI ON ALLAIT SE BOURRER LA GUEULE COMMES DES GROS PORCS, C'EST LE RÉVEILLLON APRÈS TOUT !!
FAIRE LA FÊTE COMME TOUS LES GROS CONS ?!
NON ! BOIRE DES BIÈRES, VOIR DES GENS ... VIVRE QUOI !!!! ....
SOIT !

OUAIS, BONNE ANNÉE !!
ET ENCORE BONNE ANNÉE !!
ET BONNE ANNÉE FRANGIN !!
OUAIS, CETTE PUTAIN D'ANNÉE EST ENFIN FINIE !!
UNE ANNÉE FORMIDABLE HEIN, FRANGIN ?!
TU M'ÉTONNES " PFUIT" PAPA, "PFUIT" BERNADETTE !!
"PFUIT" TA CHINOISE, "PFUIT" LA BIÈRE !!
?
OUAH, SI C'EST TA CHINOISE QUI T'EMBÊTE, TON GRAND FRÈRE Y VA ARRANGER ÇA !!
OUVREZ ! ON VIENT DÉLIVRER LA PRINCESSE !!
délices d'Asie
OULAH !
BREUUAAA
OUVREZ-NOUS ! ON EST LES ROIS DU MONDE ...ON VEUT LA MAIN DE VOTRE FILLE !!
HEY... DÉPOSE PAS LE BILAN ! ELLE EST PAS FINIE LA SOIRÉE, FRÉROT !!

TU DUP TU DUP
TU DUP
TU DUP TU DUP
TU DUP
HAA MERDE...
TU DUP
TU DUP...
NON, MAIS VOUS ÊTES MALADES, D'APPELER MES PARENTS À SIX HEURES DU MAT', EN GUEULANT QUE VOUS ÊTES LES ROIS DU MONDE !!
ALLO ?
ÇA Y EST ? LES ROIS DU MONDE SONT RÉVEILLÉS ?!
MATHILDE ?!
DE QUOI ??
MAIS JE VOUS L'AVAIS BIEN DIT QUE J'ÉTAIS CHEZ MA SŒUR ...POURQUOI VOUS APPELEZ CHEZ MES PARENTS ??
ON A APPELÉ QUI ??
AH OUAIS D'ACCORD...
AH HEU... BONNE ANNÉE MATHILDE...
BON, TU VOUDRAIS PAS ME PASSER LE FUTUR PÈRE DE MON ENFANT, IL EST QUAND MÊME TREIZE HEURES, ET J'AIMERAIS QU'IL ME SOUHAITE LA BONNE ANNÉE...
OUAIS, BIN ÇA COMMENCE MAL !!
HUM ... ALLO...
DRING DRING...
GNA OUI CRIE PAS OUI, J'VAIS BIEN...
TOI AUSSI ? AH BÉ C'EST CHOUETTE TU VOIS !
ALLO ?
ALLO, FRANCK ? BONNE ANNÉE !! C'EST KIM !!

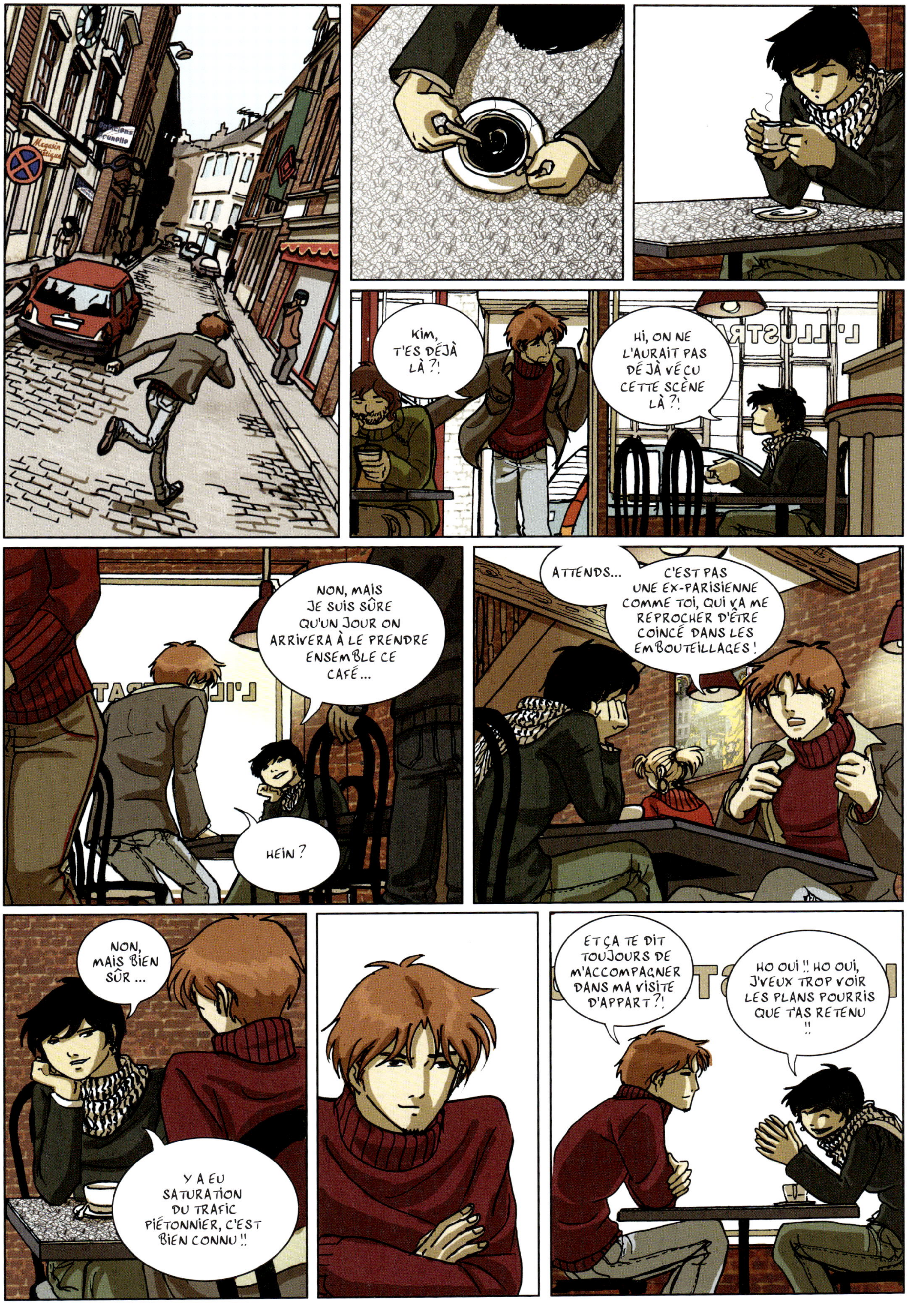

Opticiens Prunelle
Magasin optique
KIM, T'ES DÉJÀ LÀ ?!
HI, ON NE L'AURAIT PAS DÉJÀ VÉCU CETTE SCÈNE LÀ ?!
L'ILLUSTR
NON, MAIS JE SUIS SÛRE QU'UN JOUR ON ARRIVERA À LE PRENDRE ENSEMBLE CE CAFÉ...
HEIN ?
ATTENDS...
C'EST PAS UNE EX-PARISIENNE COMME TOI, QUI VA ME REPROCHER D'ÊTRE COINCÉ DANS LES EMBOUTEILLAGES !
NON, MAIS BIEN SÛR...
Y A EU SATURATION DU TRAFIC PIÉTONNIER, C'EST BIEN CONNU !!
ET ÇA TE DIT TOUJOURS DE M'ACCOMPAGNER DANS MA VISITE D'APPART ?!
HO OUI !! HO OUI, J'VEUX TROP VOIR LES PLANS POURRIS QUE T'AS RETENU !!

BON. BIN, ÇA A BIEN L'AIR D'ÊTRE ICI.
ET LÀ, TU VAS VOIR MON PLAN POURRI... MA PAUVRE FILLE...
UN TRENTE MÈTRES CARRÉS, AVEC MEZZANINE, ET PETITE COUR...LA GRANDE CLASSE, OUI !!
ET PUIS, CETTE FOUTUE ANNÉE EST BIEN FINIE...PLUS DE CONNERIE DE DRAGON, TOUT VA ME SOURIRE !!
ENFIN... L'ANNÉE OCCIDENTALE EST FINIE...
L'ANNÉE OCCIDENTALE? QU'EST CE QUE TU VEUX DIRE ?
LE NOUVEL AN CHINOIS C'EST DÉBUT FÉVRIER.
HEIN ? MAIS ALORS MON NEVEU...IL VA ÊTRE DRAGON AUSSI ?
LAISSE-MOI FAIRE ...
RAAAH LE PAUVRE, QUELLE GALÈRE !! AAAHH ET PUIS CETTE SERRURE AUSSI !!
SI TU CASSES LA CLÉ APRÈS, ON SERA EMMERDÉ...
L'IMPATIENCE DU DRAGON SE MARIE MAL AVEC LA DÉLICATESSE DE LA SERRURE...
HA OUAIS !!
ET LE QUARANTE TROIS PIED DROIT DU DRAGON, IL SE MARIE BIEN AVEC TA FACE DE CITRON ??
Y A MEILLEURE RECETTE... MAIS C'EST UN DÉBUT !
DE TOUTES FAÇONS, JE T'AI DÉJÀ DIT QUE J'Y CROYAIS PAS, À CES TRUCS D'ASTROLOGIE !!
LA GRANDE CLASSE LA MEZZANINE IKÉA...

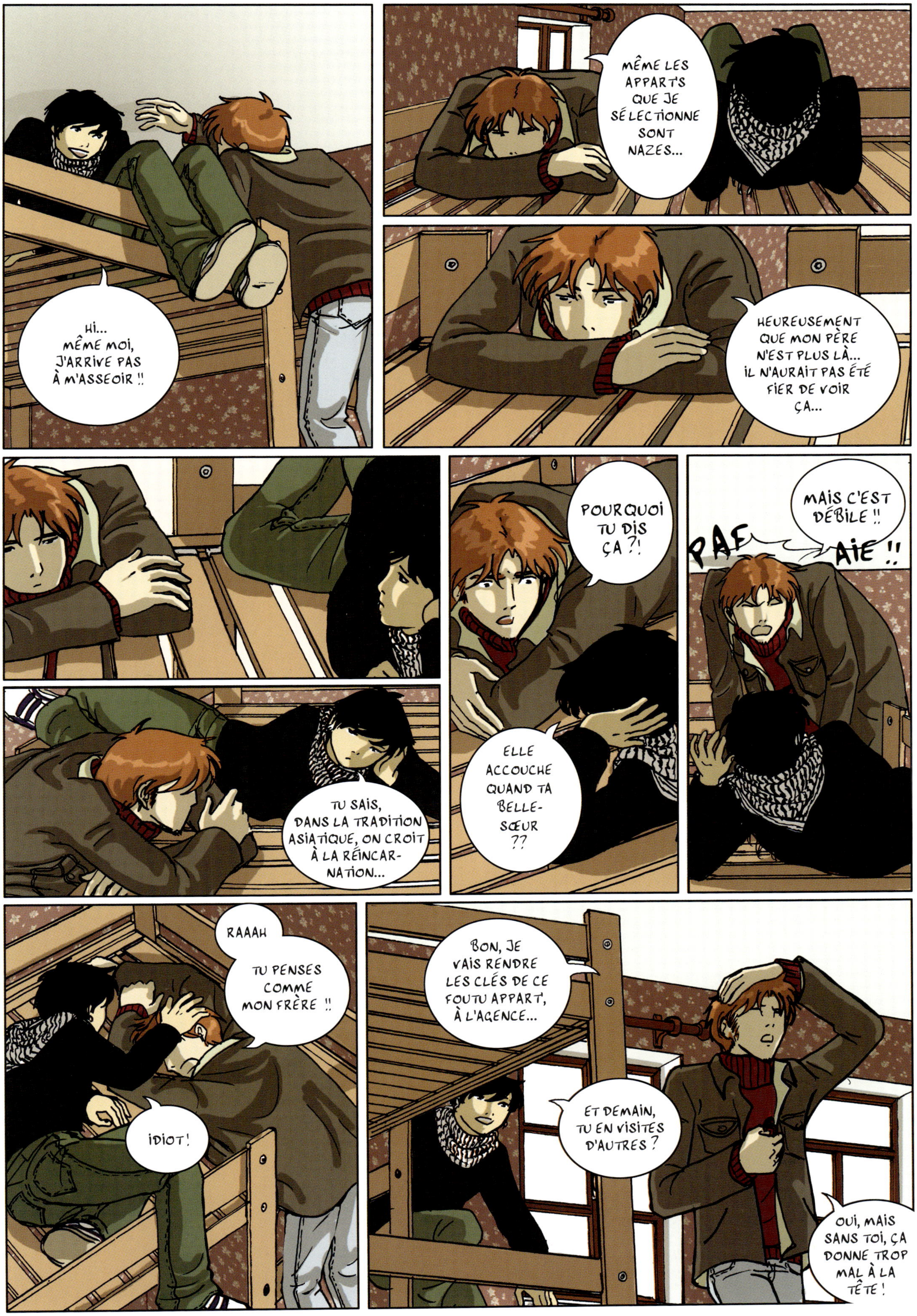
HI... MÊME MOI, J'ARRIVE PAS À M'ASSEOIR !!
MÊME LES APPART'S QUE JE SÉLECTIONNE SONT NAZES...
HEUREUSEMENT QUE MON PÈRE N'EST PLUS LÀ... IL N'AURAIT PAS ÉTÉ FIER DE VOIR ÇA...
TU SAIS, DANS LA TRADITION ASIATIQUE, ON CROIT À LA RÉINCARNATION...
POURQUOI TU DIS ÇA ?!
ELLE ACCOUCHE QUAND TA BELLE-SŒUR ??
MAIS C'EST DÉBILE !!
PAF
AÏE !!
RAAAH
TU PENSES COMME MON FRÈRE !!
IDIOT !
BON, JE VAIS RENDRE LES CLÉS DE CE FOUTU APPART', À L'AGENCE...
ET DEMAIN, TU EN VISITES D'AUTRES ?
OUI, MAIS SANS TOI, ÇA DONNE TROP MAL À LA TÊTE !

MAMAN, J'AI FAIT QUELQUE CHOSE DE MA VIE...
ON A CONSTRUIT QUELQUE CHOSE...

JE ...
PARDON !
TROP DÉBILE...
T'AS PAS BIENTÔT FINI TES CONNERIES !!

SÉRIEUX, FAUT QUE T'ARRÊTES...
T'AS RIEN CONSTRUIT DE TA VIE.. T'AS VINGT CINQ ANS, T'AS LE TEMPS NON ?
LIVRES
ET PUIS MAINTENANT, T'AS UN APPART', C'EST DÉJÀ ÇA !!
ET QU'EST-CE QUE T'EN PENSES, SI JE METS MA BIBLIOTHÈQUE, ICI ?
TA BIBLIOTHÈQUE ? ENFIN, TU VEUX DIRE, SI TU POSES LES LIVRES PAR TERRE, À CET ENDROIT !?
ET GNA GNA GNA, ET GNA GNAGNA...
ET PUIS AU FAIT...
C'EST QUOI CE TRIP AVEC BERNADETTE ?
TU M'EN AS PAS SOUVENT REPARLÉ... ET PUIS, T'AS PAS FAIT BEAUCOUP D'EFFORTS POUR LA RÉCUPÉRER NON PLUS...
MOI, JE PENSAIS QUE T'AVAIS FAIT UNE CROIX DESSUS.
HUM... C'EST UN PEU VRAI, JE CROIS...

ATTENDS, NON !!
HEU? HÉ, HÉ... C'ÉTAIT QUOI CE BISOU DANS LE COU ?
NON, FRANCK...HI, HI, NON, PAS TOI... C'EST TROP DRÔLE !
IL N'A JAMAIS ÉTÉ QUESTION, POUR MOI, D'ALLER PLUS LOIN...
ET PUIS...ÇA FAIT UNE SEMAINE QUE JE REVOIS ÉRIC...JE SUIS DÉSOLÉE...
ENFIN, JE T'ADORE, C'EST PAS ÇA ...MAIS, ENFIN, VOILÀ, C'EST TOUT ! ...
ET SINON... POUR LA BIBLIOTHÈQUE T'AS PAS RÉPONDU ...
J'AI L'AIR RIDICULE ?
BIN, PAS PLUS QUE D'HABITUDE... MAIS ÇA VA SINON ?
T'INQUIÈTE... JE NE SAIS PAS POURQUOI... MAIS ÇA VA MIEUX !!

DING DONG
DING DONG
ALORS ? PRÊTE POUR DES SOLDES DE FOLIE !!

GARE
HOTEL des FLA
ÇA VA, TOI ?!
MIEUX !!
J'SAIS PAS, LE FAIT DE TE PARLER, ÇA M'A AÉRÉ L'ESPRIT...
JE SUIS CONTENTE POUR TOI !
ET TOI, T'ES SÛRE DE TOI, CETTE FOIS ?!
BIN JE VAIS VOIR APRÈS L'ENTRETIEN DE DEMAIN...
SI ÇA MARCHE, JE PENSE QUE JE VAIS PRENDRE UN STUDIO TOUTE SEULE, POUR COMMENCER...
PROCÉDONS PAR ÉTAPES POUR NE PAS RECOMMETTRE LES ERREURS DU PASSÉ...
ET TOI, TU FAIS QUOI LÀ ?
BIN, FAUT QUE JE TROUVE UN CADEAU POUR MON NEVEU... ET JE SUIS PAS FRANCHEMENT INSPIRÉ, LÀ !!
T'AS QU'À LUI TROUVER UNE SUPER PELUCHE, QUI DEVIENDRA SON DOUDOU PRÉFÉRÉ, ET IL LE GARDERA TOUTE SA VIE !!
SUPER !!
BON, J'Y VAIS... JE T'APPELLE QUAND JE REVIENS...

ÇA VA, PAS ??
BERNADETTE ?! QU'EST-CE QUE TU FAIS LÀ ??
BIN, DU SHOPPING ET TOI ?
MOI ? JE CHERCHE UN CADEAU POUR MON NEVEU.
HA ! IL EST NÉ !
OUI, ET C'EST UN REPTILE !!
HEIN ?
IL EST DRAGON COMME MOI !
COMME TOI ? HA... SUPER LA FAMILLE
ET TOI SINON... TU DEVIENS QUOI ?
J'AI TROUVÉ UN MI-TEMPS À LA MATERNELLE ST EXUPÉRY.
DU COUP, ÇA ME PERMET DE RÉVISER PLUS QU'AU CENTRE... JE ME REMETS À FOND AU CONCOURS D'INSTIT' !!
HA C'EST CHOUETTE !
ET KIM ?
ELLE EST RETOURNÉE SUR PARIS AVEC ÉRIC... ET ÇA VA...
COOL... BEN À PLUS ... !
HÉ, BERNADETTE ! DÉPÊCHE-TOI LE MAGASIN VA FERMER !
À PLUS...

JE VOUS L'EMBALLE ?
NON, C'EST POUR CONSOMMER DE SUITE ...
CENT VINGT FRANCS S'IL VOUS PLAÎT.
MERCI.
C'EST BON MONSIEUR, VOUS POUVEZ TAPER VOTRE CODE !
AH..HEU OUI BIEN SUR !!

VANYDA/DUPRAT 2005

FIN.

La Génèse

AU PREMIER JOUR ...
... IL N'Y AVAIT RIEN.
AU SECOND JOUR, IL Y EUT UN CONCOURS DE BD ORGANISE PAR LES EDITIONS TONKAM. SON SUJET AVAIT POUR THEME :
LES DRAGONS
AU TROISIEME JOUR, VANYDA VOULUT Y PARTICIPER.
MAIS LE SUJET NE L'INSPIRAIT PAS.
PFF !
AU QUATRIEME JOUR, FRANÇOIS DUPRAT VINT CHEZ ELLE, ET DECOUVRIT, DANS SA BIBLIOTHEQUE, DES LIVRES D'ASTROLOGIE CHINOISE.
?
TROP FORT !!
AU CINQUIEME JOUR, IL LUT CE QUI CORRESPONDAIT A SON SIGNE ASTROLOGIQUE CHINOIS : LE DRAGON.
C'EST N'IMPORTE QUOI, C'EST PAS DU TOUT ÇA !!
C'EST VRAI, ILS ONT OUBLIE DE DIRE QUE LES GENS DE CE SIGNE ETAIENT DEBILES !
AU SIXIEME, IL EN ECRIVIT UN SCENARIO, MEME S'IL NE VOULAIT PAS FRANCHEMENT PARTICIPER AU CONCOURS DE BD...
HA HA, T'EN VEUX DU SCENAR DEBILE QUE PERSONNE NE LIRA !! HA HA HA !
JUSTEMENT, TU NE VOUDRAIS PAS ME LE FILER. ÇA ME DEPANNERAIT BIEN POUR LE CONCOURS !
LE SEPTIEME JOUR, TRES MOTIVES ET INSPIRES, VANYDA ET FRANÇOIS SE RETIRERENT DU CONCOURS POUR PROPOSER A DES MAISONS D'EDITION UN PROJET DE TROIS ALBUMS DE 46 PAGES COULEURS.
AINSI DEBUTA LA LEGENDE DE
L'ANNEE DU DRAGON
JE VOUS JURE, MONSIEUR MICKEY ROURKE. VOUS VOUS TROMPEZ DE CASTING !!

LES TOUTES PREMIÈRES VERSIONS DES PERSONNAGES EN 2000.

UNE DES PREMIÈRES VERSIONS DES PASSAGES AVEC LE DRAGON.
ET IL Y EN A EU BEAUCOUP !!
VANYDA A AUSSI FAIT DES ESSAIS, MAIS CE N'ÉTAIT PAS TRÈS CONCLUANT !

Storybaord à 2

La page 28 de "l'année du dragon" tome 2

CETTE SCÈNE A ÉTÉ ÉCRITE À DEUX : VANYDA ÉCRIVANT LES DIALOGUES DE BERNADETTE, ALORS QUE FRANÇOIS RÉPONDAIT PAR LA BOUCHE DE FRANCK (CHACUN NE SACHANT PAS CE QUE L'AUTRE ALLAIT DIRE, ET DANS QUELLE DIRECTION IL ALLAIT CONTINUER LA SCÈNE)

DESSINS DE FRANÇOIS

DESSINS DE VANYDA

REDÉCOUPAGE DE LA SCÈNE AU PROPRE PAR FRANÇOIS

UNE AUTRE SCÈNE A ÉTÉ ÉCRITE SUR LE MÊME PRINCIPE : LES RETROUVAILLES ENTRE FRANCK ET KIM AU RESTAURANT CHINOIS DANS LE TOME 3

RÉALISATION FINALE DE LA PAGE PAR VANYDA (DESSIN/COULEUR)

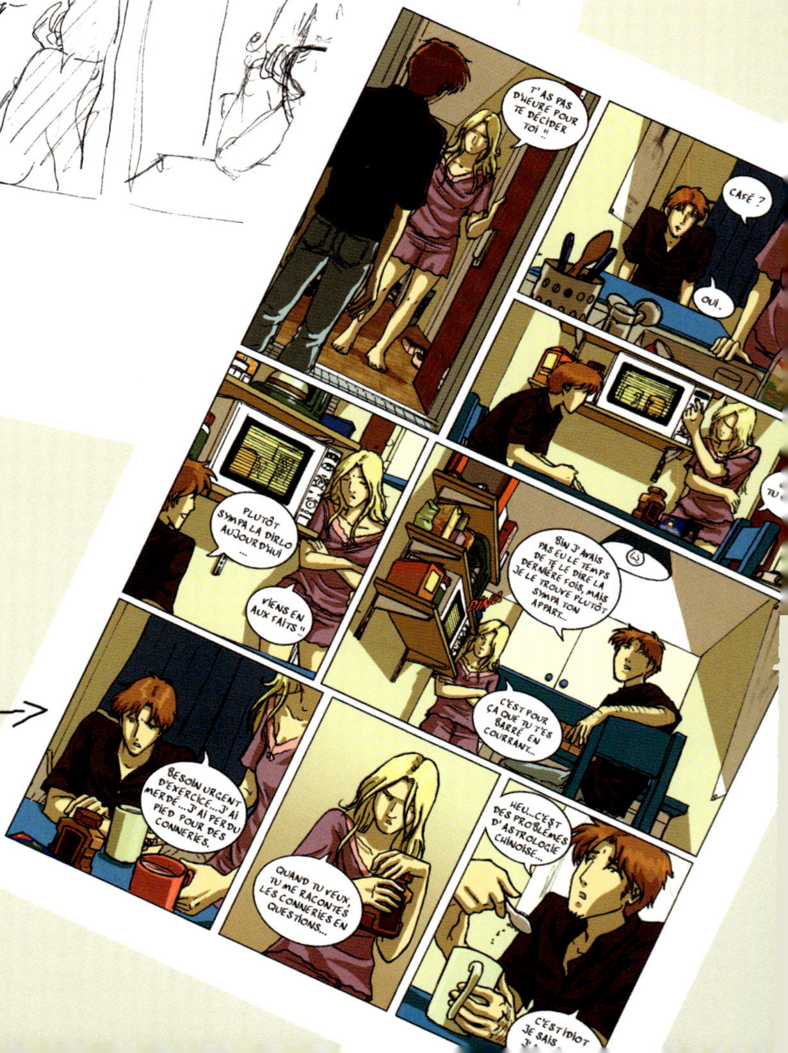

Scènes coupées

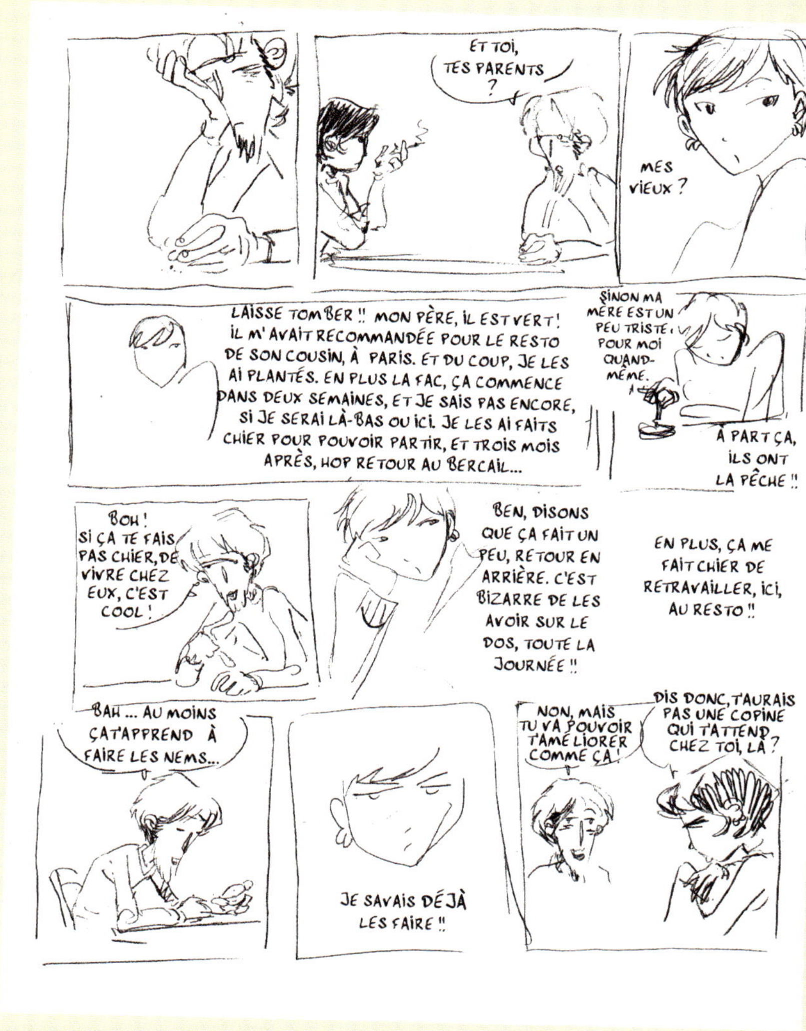

Clins d'oeil

HÉ, SALUT SOEURETTE ! MERCI POUR LES T-SHIRT !!

POUR DESSINER KIM, JE ME SUIS INSPIRÉE DE MA SOEUR, ET NOTAMMENT DE SA GARDE ROBE... DU COUP ELLE M'A GENTIMENT SCANNÉ SES T-SHIRTS !

LES T-SHIRTS DE KIM...

CE SONT DONC DES T-SHIRTS QUE KIM A ACHETÉS LORS DU PASSAGE DE GROUPES PUNK/ ROCK / GARAGE / SKA, FRANÇAIS, DANS CETTE SALLE !

ON N'A PAS EU LE TEMPS DE LE DÉVELOPPER DANS L'HISTOIRE, MAIS ÉRIC (QU'ON NE VOIT JAMAIS) EST INGÉNIEUR-SON DANS UNE PETITE SALLE DE CONCERT À PARIS (D'OÙ LES HORAIRES À LA CON, QUI FONT QU'ILS NE SE VOIENT PAS BEAUCOUP AVEC KIM)

LES AVIEZ-VOUS RECONNUS ?

CLAIRE DE "L'IMMEUBLE D'EN FACE" DE VANYDA AUX EDITIONS "LA BOITE À BULLES"

LÉO DE "LÉO CASSEBONBONS" DE F. DUPRAT AUX ÉDITIONS "PETIT À PETIT"

MOLOSSE DE "MIKE ZOMBI" DE ROD ET DAVID BOLVIN AUX EDITIONS "CARABAS"

FRANÇOIS TRAINE SES CONVERSES DANS LES PAGES DE "L'ANNÉE DU DRAGON"

ICI EN COMPAGNIE DE VANYDA ET DAVID BOLVIN (CHARGÉS, COMME POUR ALLER VENDRE DES FANZINES EN FESTIVAL BD)